HAYMON verlag

Christoph Wagner

Das Apfelhaus

Mario Carozzis mysteriöse Erlebnisse im Innern Europas

Auflage:
4 3 2 1
2014 2013 2012 2011

HAYMON verlag
Innsbruck-Wien
www.haymonverlag.at

ISBN 978-3-85218-688-7

Umschlag- und Buchgestaltung, Satz:
hœretzeder grafische gestaltung, Scheffau/Tirol
Coverfoto: Mauro Grigollo (www.istockphoto.com)

Gedruckt auf umweltfreundlichem,
chlor- und säurefrei gebleichtem Papier.

Alles, was gedacht wird, ist wirklich,
und nichts Wirkliches
bleibt für immer verborgen.

Das Apfelhaus von Ljubljana

Der Apfel war frisch, rotbackig und von grüngelben Streifen durchzogen. Es mochte wohl ein Vertreter der Sorte Gravensteiner sein, und er nahm mich von Anfang an für die kleine Dreisternepension in der Altstadt von Ljubljana ein, in der ich soeben abgestiegen war, um in den nächsten Tagen einige dringende Geschäfte zu erledigen. Auf meinem Terminkalender standen etliche Besprechungen mit Vertretern der in der slowenischen Hauptstadt so blühenden Kunst- und Medienszene sowie ein Besuch der archäologischen Abteilung des Nationalmuseums. Es würde eine starke Woche werden, und ich war hoch erfreut, mitten im Stadtzentrum einen so angenehmen Stützpunkt gefunden zu haben.

Wer wie ich geschäftlich viel herumkommt, entwickelt im Laufe der Zeit allmählich eine tief sitzende Abneigung gegen so genannte Business-Hotels, zumindest geht es mir so. Diese absolute Gleichförmigkeit der Ausstattung vom Duschkopf bis zum ID-Anschluss, diese Anbiederung an jenen reduzierten und daher auch meist preisgünstigen Formenschatz, den man gerne als „zeitgemäßes Design" zu bezeichnen pflegt. Diese immergleichen Frühstücksbuffets mit ihren Müslirabatten und lauwarmen pasteurisierten Eierspeisen, all das meide ich, so gut ich eben kann, und quartiere mich gerne in kleinen Stadtpensionen ein, vorzugsweise in solchen, die wie die Pension Primorska in einem (erdfarbenen) historischen Gebäude und nicht in einem modernen Glas- oder Plattenbau untergebracht sind. Für die damit verbundene Atmosphäre und Lebendigkeit nehme ich dann gerne ein kleines Minus an Komfort, das Fehlen einer Sauna oder auch die Tatsache in Kauf, dass ich mir beim Betreten meines Zimmers so lange den Kopf am niederen Türstock aus dem 16. Jahrhundert anstoße, bis ich aus Schaden klug geworden bin.

Auch mein Zimmer auf dem Mestni trg zwischen Burgberg und Ljubljanica-Promenade war eines von der geduckten Sorte, das jedoch über erstaunlich viel Komfort, ein offenbar erst unlängst eingebautes neues Badezimmer, Satin-Vorhänge vor dem Fenster mit Burgblick und eine neu, aber stilvoll tapezierte Biedermeier-Chaiselongue verfügte, auf der ich bequem meine Füße ausstrecken und es genießen konnte, dass das slowenische Fernsehen stets gleich mehrere Filme in englischer, französischer oder italienischer Originalfassung ausstrahlt, was ich im Gegensatz zu den slowenischen Untertiteln sehr gut verstehe.

Ja, und dann war da noch diese kunstvoll geschnitzte schwarze Truhe im historistischen Stil, an der nicht nur die beiden frisch geputzten und glänzend aufpolierten Messinggriffe Rückschlüsse auf die Sauberkeit und gute Führung des Hauses zuließen, sondern auch das darauf befindliche irdene Schüsselchen im ornamental gerillten Krajina-Stil, dem sich das knackige Äpfelchen, das über der am Boden eingebrannten weißen Rosette lag, auch stilgerecht anzupassen schien. Gewiss hatte ich in teureren und schöneren Hotels schon prächtigere Früchtekörbe gesehen, doch dieser frische Apfel vermittelte jene schlichte, warme Gastfreundschaft, die ich in Häusern dieser Art ganz besonders schätze. Ja, ich würde mich hier wohl fühlen, dachte ich und tat einen kräftigen Biss in den Apfel, dessen saftiges Fruchtfleisch nur so krachte.

Nachdem ich meinen Koffer ausgepackt, meinen Laptop auf dem kleinen Biedermeier-Sekretär am Fenster aufgestellt und das kleine, trotz der Sommerhitze erfreulich kühle Zimmer auch für die nächsten Tage in Besitz genommen hatte, verließ ich die Pension, um die beiden Termine, die ich mir für diesen Tag noch vorgenommen hatte, zu absolvieren. Als ich die Pension verließ, fielen mir die beiden in Stein gemeißelten Gesichter auf, die sich auf zwei wie Hauszeichen aussehenden steinernen Stelen links und rechts des Eingangs befanden. Eines schien mir weiblich und eines männlich zu sein, beide jedoch waren von so altersloser Natur, dass es schwer fiel zu sagen, ob die Gesichter Kindern oder uralten Menschen gehörten.

In der Konditorei Zvezda in der Wolfova unweit des Prešeren-Platzes traf ich eine erstaunlich gut aussehende slowenische Galeristin; erstaunlich deshalb, weil sie während unseres anderthalbstündigen Meetings eine Meringuetorte, ein mit Vanillecreme gefülltes Croissant und eine Kremna rezina, eine Cremeschnitte von wahrhaft ljubljanischer Opulenz, verdrückte, eine Gewohnheit, die für ihre Wespentaille jedoch keinerlei Folgen zu zeitigen schien. Sie musste wohl in ihrer Freizeit die örtlichen Fitness-Center häufig frequentieren, dachte ich.

Den Abend verbrachte ich dann mit meinem alten Freund Felix aus Kärnten, der in Ljubljana als Geschäftsführer eines großen Zeitungsverlags tätig war und immer wusste, wo in Ljubljana man gerade am besten speiste. Im Augenblick war dies offenbar das „Spajza“, was – wie mir mein Freund erklärte – auf Slowenisch so viel wie Fohlen bedeutet. Tatsächlich findet man hier auch ein Fohlensteak auf der Karte. Ich bestellte jedoch lieber eine getrüffelte Gänsebrust und einen knusprigen Ziegenbraten, der frisch aus dem Ofen kam. Mein Freund versprach mir, einige wichtige Kontakte zu knüpfen, und wir genossen einen anregenden Abend, in dessen Verlauf wir zwei Flaschen eines vorzüglichen Zelen aus dem Vipava-Tal leerten.

Als ich spätabends zurück in meine kleine Pension kam, fand ich nicht nur die Bettdecke fein säuberlich zurückgeschlagen, sondern auch den angebissenen Apfel durch einen neuen ersetzt, der im matten Schein meines mit durchscheinender Wildlederhaut bezogenen Nachtkastenlämpchens appetitlich funkelte.

Obwohl ich nach dem opulenten Abendmahl keinen großen Appetit mehr verspürte, entjungferte ich aus purem Gusto auch dieses Äpfelchen mit einem kräftigen Biss, legte es danach aber in die bunte Schale zurück. Im Fernsehen lief noch ein alter Mafiafilm mit Robert de Niro, durch dessen Untertitel ich unter anderem lernte, was Shit und Fuck you auf Slowenisch heißt. Mit diesem neu erworbenen Wissen schlief ich, lange bevor der Film zu Ende war, ein und verbrachte hinter den dicken gotischen Mauern des Hauses trotz der Augusthitze eine angenehm kühle Nacht.

Als ich am nächsten Morgen erwachte, spürte ich sogleich, dass sich in dem Zimmer etwas verändert hatte, eine Kleinigkeit nur, und ich brauchte eine gewisse Zeit, um festzustellen, worum es sich dabei handelte. Es war der Apfel, in den ich am vergangenen Abend noch so kraftvoll hineingebissen hatte. Er lag noch immer in seiner bunt bemalten Schale, aber er war – ganz. So glänzend und intakt, wie ich ihn gestern bei meiner Heimkehr vorgefunden hatte.

Ich überlegte kurz, ob da etwa der Zelen mehr als die beabsichtigte Wirkung getan und ich mir meinen abendlichen Biss in den Apfel nur eingebildet hatte. Doch der Geschmack des Apfels war ebenso in meinem Gedächtnis geblieben. Schon während des Frühstücks aber hatte ich die seltsame Episode wieder vergessen, immerhin lag ein starker Tag voll von Terminen vor mir, auf die ich mich vorzubereiten hatte. Was kümmerte mich da ein angebissener Apfel?

Erst als ich abends nach Hause zurückkehrte, fiel mir die Geschichte wieder ein und ich beschloss, den Apfel diesmal auf die Probe zu stellen. Bevor ich zu Bett ging, ergriff ich den auch diesmal frisch polierten Gravensteiner und trug ihn hinaus auf den Flur, wo ich ihn in eine Schale legte, in der ein paar neue Tourismusprospekte und ein alter Nussknacker schlummerten. Dann versperrte ich meine Zimmertür von innen und schloss sicherheitshalber auch das Fenster. Ich blätterte noch ein wenig in einem Stadtführer von Ljubljana, in der stillen Hoffnung, dort eine nähere Beschreibung des Hauses zu finden, in dem ich mich aufhielt; ich suchte jedoch vergeblich und schlief nach einem letzten Blick auf die Schüssel im Krajina-Stil ein. Sie war leer, ohne jeden Zweifel.

Als am nächsten Morgen der erste Blick meiner noch etwas verklebten und müden Augen auf die Schüssel fiel, merkte ich im selben Augenblick, da sich meine Nackenhaare zu sträuben begannen, dass mich aus der Schüssel ein Äpfelchen anlachte, spiegelglatt, mit fein ziselierter rotgelber Maserung und, wie mir den Bruchteil einer Sekunde lang schien, einem spöttischen Antlitz, das mich an eines der beiden alterslosen Gesichter auf den Stelen neben der Eingangstür erinnerte. Noch im Pyjama lief ich auf den Flur hinaus, um die Schale zu untersuchen, in der ich gestern den Apfel abgelegt hatte. Doch darin befand sich neben den Tourismusprospekten nur der schon leicht angerostete Nussknacker, sonst nichts.

Unkonzentriert und mit wenig Erfolg nahm ich meine Geschäftstermine an diesem Tag wahr. Immer noch war ich jedoch der Überzeugung, dass es sich bei der Wiederkehr des Apfels um eine wundersame Täuschung meiner Sinne handeln musste, die sich zuletzt durch eine ganz banale Begründung aufklären lassen würde.

Dennoch beschloss ich, dem Apfel noch eine weitere Falle zu stellen. Da mich der Weg zu meiner letzten Geschäftsbesprechung an diesem Tag an den Plečnik-Markthallen am Ljubljanica-Ufer vorbeiführte, kaufte ich zwei Mandarinen, einen Pfirsich und eine Banane und legte sie anstatt des Apfels in die Krajina-Schüssel. Den Apfel legte ich in die Lade meines Nachtkästchens, und sicherheitshalber tastete ich auch noch alle Zimmerwände auf das Vorhandensein einer Tapetentür ab, fand aber nicht eine einzige Ritze, die auf eine solche hingedeutet hätte.

Ich fand mein Tun im selben Maße lächerlich, wie es mir um der Aufrechterhaltung meines inneren Seelenfriedens willen notwendig erschien. Lange konnte ich nicht einschlafen, danach träumte ich zwar von Äpfeln, aber auch die Art dieses Traumes gab keinerlei Aufschluss darüber, was ich mittlerweile das Apfelwunder von Ljubljana zu nennen geneigt war.

Tatsächlich setzte sich der wundersame Verlauf meines Apfelabenteuers, wie ich es befürchtet hatte, fort. Als ich am nächsten Tag aufwachte, krönte ein blitzsauberes Äpfelchen den von mir aus Banane, Pfirsich und zwei Mandarinen errichteten Obstturm. Und als ich die Lade meines Nachtkästchens öffnete, fand ich sie – leer.

Hektisch kleidete ich mich an, nahm den Apfel in die Hand und stürzte mit diesem Corpus delicti zur Rezeption im Parterre hinab, wo ich die in der Schlussrunde amtierende Nachtrezeptionistin, deren dunkelbraune Rehaugen schon reichlich verträumt wirkten, zur Rede stellte und eine Erklärung für den Spuk in diesem Hause forderte.

Sie hörte mir lange und geduldig zu.

„Apfel nicht gut?“, fragte sie danach treuherzig und griff in einen Bastkorb unter dem Tresen, in dem sich mehr als ein Dutzend Äpfel befanden. „Ich gebe neuen“, sagte sie mit entwaffnendem Lächeln.

„Das ist ein Geisterhaus, verstehen Sie?“, schrie ich sie an.

„Das kein Geisterhaus ist“, antwortete sie. „Das Apfelhaus.“

Ich ließ den alten Apfel ebenso auf ihrem Tresen liegen wie auch den neuen, den mir die Rezeptionistin so freundlich angeboten hatte, und eilte im Laufschritt wieder die zwei Steintreppen zu meinem Zimmer hinauf. Dort erwartete mich eine neue Überraschung: Obwohl ich keine fünf Minuten aus dem Zimmer fort und das Bett auch noch keineswegs gemacht war, leuchtete ein neuer Gravensteiner aus der Keramikschüssel und ließ die unter ihm liegenden Früchte ob seiner frischen Politur vor Neid erblassen.

Ich wusste im Moment keine bessere Lösung, als meinen Freund Felix anzurufen und ihn um eine kurze Unterredung in einer dringenden Angelegenheit zu bitten.

Felix' Terminkalender war, wie zu erwarten, mehr als voll. Wenn es wirklich dringend sei und wir nicht länger als zwanzig Minuten benötigten, sagte er, könne er mich am frühen Nachmittag kurz in seiner Verlagskantine auf eine Cremeschnitte und ein Cola treffen, denn irgendwann am Tag müsse ja selbst ein Vielbeschäftigter wie er etwas essen.

Während Felix hingebungsvoll seine Cremeschnitte verdrückte – ich bestellte nur einen Espresso, mir war der Appetit durch die Macht, die die Gravensteiner-Äpfel so unerwartet über mein Leben gewonnen hatten, fürs Erste vergangen –, konnte er das Schmunzeln, das er von meinen ersten Worten an auf den Lippen hatte, trotz der ausgesuchten Höflichkeit, die für sein ganzes Wesen charakteristisch war, kaum noch unterdrücken.

„Könnte es sein", sagte Felix, nachdem ich ihm meine Geschichte in der durch den Termindruck gebotenen Kürze, aber doch mit allen nötigen Details erzählt hatte, „dass dir unsere slowenischen Weine diesmal besonders gut munden?"

„Wie kommst du darauf?", fragte ich, bestürzt ob einer dermaßen prosaischen Antwort, mit der ich nun wirklich nicht gerechnet hatte.

„Nun ja", antwortete er etwas verlegen. „Wenn sie dir so munden wie der Zelen, den wir in der Spajza getrunken haben ... Du kennst mich ja, ich schaffe nicht mehr als höchstens ein oder zwei Achterl an einem Abend. Der Rest der beiden Flaschen ging auf dich."

Meine offensichtliche Bestürzung brachte Felix in eine peinliche Lage, und er begann herumzustottern.

„Ich meine das natürlich nicht als Vorwurf ... im Gegenteil, ich habe mich gefreut, dass wir beide einen so angenehmen und unterhaltsamen Abend verbracht haben ... und du verträgst ja auch wirklich viel ..."

„Habe ich auf dich einen betrunkenen Eindruck gemacht?"

„Nicht im Geringsten. Hätte ich nur die Hälfte von dem ..., aber lassen wir das. Es schien mir nur der Ansatz zu einer Erklärung für dein ... Problem. Was sonst sollte es denn sein?"

„Ich schwöre, dass ich, seit wir uns damals getrennt haben, außer einem kleinen Slivovka am Abend keinen Tropfen Alkohol zu mir genommen habe", beteuerte ich feierlich, auch wenn ich dabei natürlich ein wenig flunkerte und die zwei, drei Gläser Wein, die ich zum Abendessen genossen hatte, geflissentlich unter den Tisch fallen ließ. „Was ich dir hier erzähle, kann unmöglich einer Halluzination entspringen. Dafür habe ich zu oft die Probe aufs Exempel gemacht. Es ist die reine Wahrheit. Ist dir während deiner Jahre in Ljubljana denn niemals ein Apfelhaus untergekommen?"

Felix sah auf die Uhr, denn die Zeit, die er mir gewähren wollte oder konnte, war bereits um.

„Wir bringen unsere Geschäftsfreunde im Grand Hotel Union unter", sagte er. „Die kleinen Dreisternepensionen in der Stadt sind mir daher völlig unbekannt. Auch sonst ist mir bis heute leider kaum Zeit geblieben, mich mit der

Architektur und der Geschichte Ljubljanas zu befassen. Ich weiß gerade einmal, wer Plečnik gewesen ist. Bei solchen Fragen muss ich leider passen."

Felix sah noch einmal auf die Uhr, diesmal wesentlich bedeutungsvoller als zuerst.

„Ich weiß, meine Zeit ist um", sagte ich und wurde mir erst im Nachhinein des Doppelsinns dieses Satzes bewusst. Was, wenn die Apfelgeschichte wirklich nichts anderes als ein Vorbote einer allmählichen Geistesstörung sein sollte? Ein Vorbote von Katalepsie oder Schizophrenie? Es war nicht das erste Mal in den letzten Tagen, dass mir derlei Gedanken durch den Kopf gingen.

„Aber warte einen Moment ...", sagte Felix, als er bereits im Gehen war. „Ja, das ist es. Ich weiß jemanden, der dir vielleicht weiterhelfen kann. Erstaunlich, dass ich nicht gleich daran gedacht habe. Ich muss dich mit unserem Doktor Zupancic bekannt machen. Sein Büro ist gleich ein Stockwerk tiefer."

„Wer ist dieser Doktor Zupancic?" fragte ich, während Felix wie mit Siebenmeilenstiefeln die Gänge seines weiträumigen Verlagshauses durchmaß und ich ihm nur recht kurzatmig folgen konnte.

„Doktor Ivan Zupancic, das war früher, als man Zeitungen noch anders gemacht hatte als heutzutage, ich meine noch im Bleisatz und ohne Marketing-Abteilung, der Chefredakteur unseres Blattes. Mittlerweile steht er kurz vor der Pensionierung, und wir hätten ihn eigentlich längst entlassen müssen. Er versteht die Zeitungswelt von heute nicht mehr, und außerdem trinkt er."

„Der auch?", fragte ich.

„Jetzt sei nicht gleich so eingeschnappt. Du weißt ganz genau, was ich zuerst gemeint habe."

„Und wie sollte mir ein besoffener alter Chefredakteur in meiner Sache weiterhelfen können?"

„Keine Angst, um diese Zeit ist er noch nicht besoffen. Und außerdem betreut er nur noch die Leserbriefseite. Da kann er nicht viel Unheil anrichten. Aber du wirst sehen, er ist ein wandelndes Stadtlexikon, und die Hirnzellen, in denen er die Stadtgeschichte gespeichert hat, scheinen gegen Alkohol immun zu sein. Wenn man ihn einen Tag lang in einen Computerkurs zur Weiterbildung setzt, so hat er am nächsten Morgen schon wieder alles vergessen. Wenn es allerdings in Ljubljana ein Apfelhaus gibt oder jemals gegeben hat, du wirst sehen, er weiß es."

Felix hatte nicht übertrieben. Ivan Zupancic war ein fülliger älterer Herr mit krausem weißen Haarschopf und Nickelbrille über einer bemerkenswert violetten Nase. Der Anzug, den er trug, roch nach den vielen alten Büchern, die er in seinem Büro aufgestapelt hatte, vielleicht war es aber auch umgekehrt.

Felix stellte mich als einen guten alten Freund vor, was angesichts der Tatsache, dass ich um gute 25 Jahre älter war als er, seltsam klingen musste. Andererseits ist es heute nicht mehr ungewöhnlich, dass 30-Jährige als Top-Manager tätig sind, während erfahrene Mitarbeiter wie Stupancic zum alten Eisen gehörten.

Felix verließ uns – er brauchte nun nicht einmal mehr auf die Uhr zu sehen – in aller gebotenen Eile, und Dr. Stupancic, der offenbar viel mehr Zeit hatte als sein Chef, musterte mich von Kopf bis Fuß.

„Nun ja", sagte er schließlich mit einem kaum merklichen, aber umso verschmitzteren Lächeln auf den Lippen, „ein Jugendfreund von unserem Boss können Sie ja nicht gerade sein. Es sei denn, Sie tendieren dazu, sehr schnell zu altern. So was gibt es."

„Wir haben in Wien sehr lange, oder sagen wir besser, sehr intensiv und erfolgreich zusammengearbeitet", erwiderte ich eher humorlos und sachlich.

„Und Sie haben also eine Frage zur Stadtgeschichte von Ljubljana?“, sagte Stupancic und räkelte sich genüsslich in seinem abgewetzten Drehsessel, sichtlich zufrieden, dass nun einmal sein Chef eine Gefälligkeit von ihm brauchte und nicht umgekehrt.

Ich beschloss, ihm meine Geschichte, um nicht gleich von vornherein in den Verdacht eines Spinners zu geraten, zu verschweigen und ihn erst einmal nach den Fakten zu fragen.

„Sagt Ihnen der Name Apfelhaus etwas?“, fragte ich, so harmlos ich konnte.

Doktor Stupancic kratzte sich hinter seinem rechten Ohr, sah mir tief in die Augen und fragte mich: „Was bringt Sie auf diese Frage?“

„Ach, nur ein kleines Gespräch, das ich heute beim Frühstück am Nebentisch aufgeschnappt habe“, log ich. „Es ging um die Frage, ob die Pension Primorska, in der ich abgestiegen bin, zu Zeiten der Donaumonarchie einmal Apfelhaus geheißen hat. Meine beiden Tischnachbarn konnten über diese Frage keine Einigkeit erzielen, und auch die Frühstückskraft konnte ihnen nicht weiterhelfen.“

„Ach, im Apfelhaus wohnen Sie?“ Meine Frage hatte offensichtlich Doktor Stupancics Interesse geweckt. „Interessant, dass das heutzutage noch jemand weiß.“

„Wieso interessant?“ Ich spürte, wie mein Puls immer schneller wurde.

„Der Name Apfelhaus taucht in den Annalen der Stadt nämlich nirgendwo auf. Auch ich selbst habe ihn noch nirgendwo gelesen. Ich weiß allerdings, dass ein Apfel in dem Haus, in dem heute die Pension Primorska untergebracht ist, in einem Rechtsfall, der sich im alten Laibach während der Regierungszeit Kaiserin Maria Theresias zugetragen hatte, eine nicht unerhebliche Rolle gespielt hatte. Ein seltsamer Fall, nebenbei bemerkt, und ein grauenvoller obendrein.“

Stupancic öffnete die unterste Lade seines schon ziemlich klapprigen Schreibtischs, auf dem der funkelnagelneue PC wirkte, als wäre ein Ufo auf einem alten Rumpfschollengebirge gelandet.

„Wenn Sie wollen, dass ich Ihnen die ganze Geschichte erzähle“, sagte Stupancic, „so müssen Sie mir schon gestatten, dass ich dazu ein Gläschen Slivovka trinke. Mögen Sie auch einen?“

Ich nickte. Stupancic fischte zwei Gläser aus seiner Schnapslade, füllte sie bis an den Rand und ließ die Flasche sogleich wieder in ihrem Versteck verschwinden.

„Gut, dass Sie auch einen mögen“, sagte der ehemalige Chefredakteur. „Dann werden Sie mich bei Ihrem ‚alten Freund‘ gewiss nicht verpetzen. Es wird nämlich von der neuen Geschäftsführung nicht gern gesehen, wenn in den Dienststunden Alkohol getrunken wird. Zu meiner Zeit, da war das ganz normal, dass jeder Redakteur eine Flasche Slivovka oder sonst einen Fusel auf seinem Tisch stehen hatte. Da war der Weingeist für das Erscheinen der Zeitung mindestens so wichtig wie Druckerschwärze. Und trotzdem, vielleicht aber gerade deswegen – Sie verzeihen, wenn ich das sage, lieber Herr Jugendfreund unseres Herrn Chef – haben wir früher, wie ich überzeugt bin, viel bessere Zeitungen gemacht als heute.“

„Ich fürchte, ich kann Ihnen da nicht widersprechen“, sagte ich, „ich bin Ihrer Altersklasse auch viel näher als jener von Felix.“

Ein müdes, aber verständnisvolles Lächeln streifte Doktor Stupancics Gesicht.

„Aber ich wollte Ihnen ja etwas über das Apfelhaus erzählen“, fuhr er fort und setzte sich, während er bis jetzt in seinem Drehsessel eher gelümmelt hatte, gerade, ja fast feierlich hin. „Ich habe die Geschichte während meines lange zurückliegenden Jura-Studiums einmal in den

Gerichtsakten der maria-theresianischen Epoche nachgelesen, als das damalige Laibach noch unter habsburgischer Oberhoheit stand und die Gerichtsakten, obwohl sie meist Slowenen betrafen, noch in deutscher Sprache verfasst wurden. Im gegenständlichen Fall ging es um die beiden Kinder eines Steinmetz, der in dem Haus wohnte, in dem Sie gegenwärtig abgestiegen sind. Es handelte sich um einen sechsjährigen Jungen und um ein dreijähriges Mädchen. Wie die beiden hießen, habe ich allerdings vergessen, und es tut auch nichts zur Sache. Sache ist lediglich, dass der sechsjährige Junge eines Tages seine kleine Schwester mit einem Messer erstach, weil sie sich weigerte, ihm einen Apfel zu geben, der ihr gehörte. Der kleine Junge wurde daraufhin in ein Verlies geworfen, vor ein Gericht gestellt und zum Tode durch Rädern verurteilt.

Der Steinmetz, der im Begriff war, neben seiner Tochter nun auch noch seinen Sohn binnen kürzester Zeit zu verlieren, machte daraufhin eine Eingabe bei den kaiserlichen Behörden, in der er darum bat, das Urteil mit Rücksicht auf die besondere Jugend des Verurteilten noch einmal zu überprüfen und Gnade vor Recht ergehen zu lassen. Der Fall landete schließlich, wie alle Gnadengesuche, auf dem Schreibtisch der Kaiserin, die die Sachlage genau studierte und, da sie sich nicht sicher war, welche Entscheidung sie treffen sollte, einen Kaiserlichen Emissär nach Ljubljana entsandte. Auch sein Name ist mir entfallen, aber nennen wir ihn der Einfachheit halber den Freiherrn von T.

Der Freiherr von T. war ein erfahrener Jurist und Teil jener Wiener Hocharistokratie, auf die in der vorjosephinischen Epoche bereits ein Schimmer des Lichtes der Aufklärung gefallen war. Der Freiherr hatte seinen Rousseau jedenfalls bereits gelesen und wusste um die Erziehbarkeit des Menschengeschlechts. Andererseits kannte er als loyaler Rechtsgelehrter eines absolutistischen Regimes auch den „Leviathan“ des Thomas Hobbes und hatte daher auch den Spruch „Homo homini lupus“ verinnerlicht, weshalb er sich seine Rechtsmeinungen immer auch unter Berücksichtigung der Tatsache bildete, dass der Mensch allem anderen voran vor dem Menschen selbst in Schutz genommen werden müsse.

Zwischen diesen Polen entwickelte der Kaiserliche Emissär Freiherr von T. daher auch seine Taktik, mit der er überprüfen wollte, ob es für den sechsjährigen Delinquenten, so man ihn denn begnadigte, eine Möglichkeit gab, trotz seiner grauenvollen Schandtat im weiteren Leben doch noch zu einem nützlichen Mitglied der menschlichen Gemeinschaft zu werden.

Nachdem der Freiherr von T. also in Ljubljana angekommen war, nahm er seine Mission sofort in Angriff und ließ den Jungen aus dem Gefängnis holen. Als ihm der Junge gegenübersaß, legte der Freiherr einen Apfel und ein Silberstück auf den Tisch und bat den Jungen, zwischen beidem zu wählen. Der Junge überlegte nicht lange und nahm das Silberstück. Als der Freiherr ihn danach fragte, warum er sich denn für die Münze und nicht für den Apfel entschieden habe, antwortete dieser: „Da wäre ich ja schön dumm, wenn ich den Apfel nehmen würde. Für eine Silbermünze kann ich mir mindestens fünf Äpfel kaufen.“

Der Freiherr ließ den Jungen wieder zurück in den Kerker bringen und unterschrieb im Auftrag ihrer Kaiserlichen Majestät das Todesurteil. Denn nunmehr sei klar, argumentierte der Freiherr von T., dass der Junge aus Berechnung und Niedertracht und keineswegs aus Zorn über die Tatsache, dass die Schwester ihm den Apfel verweigerte, gehandelt habe. Den Zorn hätte man durch eine gute und harte Erziehung bekämpfen können, die Niedertracht hingegen sei im Charakter des Jungen festgelegt, und so sei es besser für die Gemeinschaft, sich von ihm zu lösen.

Der Steinmetz musste also zusehen, wie nach der Ermordung seiner Tochter nun auch sein Sohn auf dem Schafott sein Leben lassen musste und zu aller Abschreckung aufs Rad geflochten wurde. Damals – das steht allerdings nicht in den Gerichtsakten, sondern das habe ich einmal in einem Laibacher Sagenbuch gelesen – soll der Steinmetz das Gelübde abgelegt haben, dass, wer immer jemals sein Haus betrete, einen Apfel geschenkt erhalten solle. Denn ein Apfel solle in seinem Hause nie und nimmermehr Zwietracht säen."

„Und seither nennt man das Gebäude am Mestni trg, in dem der alte Steinmetz wohnte, also das Apfelhaus?", fragte ich, während sich Doktor Stupancic nun schon zum dritten Mal während seiner Erzählung einen Slivovka nachgoss, ohne dass dies auf seinen Sprachgestus auch nur die geringste Auswirkung zeitigte.

„Wie gesagt, ich habe den Ausdruck Apfelhaus so niemals gelesen. Den habe ich heute zum ersten Mal von Ihnen gehört. Ich kenne nur die Geschichte vom Apfel-Fall, und den habe ich Ihnen gerade, ich hoffe zu Ihrer Zufriedenheit, geschildert."

Ich bedankte mich höflich und ließ Doktor Stupancic mit seinem Slivovka und der Hoffnung auf eine baldige Pensionierung zurück. Als ich in der Pension Primorska ankam, blickte ich auf die beiden alterslosen Gesichter in den Stelen links und rechts der Eingangstür. Konnte es sein, dass der Steinmetz den Verlust seiner beiden Kinder nur ertragen konnte, indem er ihnen ewiges Leben in Granit einhauchte?

Bald darauf verließ ich das Apfelhaus, wie ich es vorgefunden hatte. Ein auf Hochglanz polierter Gravensteiner Apfel lag in einer mit rillenförmigen Ornamenten geschmückten Schüssel aus der Krajina.

Der Bacchus von Maribor

An der Grenze zwischen Österreich und Slowenien befindet sich ein Weingebirge, das im Gemälde Mitteleuropas wie ein genialer Pinselstrich anmutet. Die Landschaft der Untersteiermark – so hieß sie zu Zeiten der alten Donaumonarchie – ist so kunstvoll abgetreppt und gestaffelt, dass man meinen könnte, ein begnadeter Gartenarchitekt hätte sie entworfen. Die schwellenden Hügelketten scheinen in beständigem Fluss und von einer kaum hörbaren, aber allgegenwärtigen Melodie getragen zu sein, die freilich auch ihre Absätze und Pausen hat. Die schnurgeraden Hauptkämme verlieren sich im Labyrinth der Seitentäler und verlustieren sich geradezu an all jenen barock anmutenden Köpfen, Gupfen, Kuppen, Riegeln, Spornen und Sätteln, die dieses alte Vulkanland – zumindest für den nach Kurzweil ausschauenden Besucher – zu einem Arkadien am Rand der Alpen machen.

Die Vorstellung einer solchen dionysischen Landschaft trug – ich muss es ehrlich gestehen – nicht unwesentlich dazu bei, dass ich einen Forschungsauftrag der Universität Ljubljana annahm, der sich über ein ganzes Semester erstreckte und in dessen Verlauf ich römische Ausgrabungen entlang der Windischen Bühel zwischen Mur und Drava länderübergreifend beschreiben und katalogisieren sollte.

Ich schlug mein Hauptquartier in Maribor am Fuße des Pohorjegebirges auf, einer Stadt im Norden Sloweniens, deren Zentrum von drei Kilometer langen Tunneln unterwirkt war, die sieben Millionen Liter Wein aufzunehmen imstande sind. Seit altrömischer Zeit wird in Maribor Weinbau betrieben, und höchst ergiebige Gräberfelder sowie eine respektable Villa rustica erinnern heute noch an diese Epoche.

Ich schloss mich, um mir ein möglichst umfassendes Bild von der archäologischen Ergiebigkeit dieser Landschaft zu machen, einer gerade im Weichbild der Stadt laufenden Lehrgrabung an und nahm ein Zimmer in einer ocker getünchten kleinen Frühstückspension am Stadtrand, wo die Marburger Weingärten ziemlich jäh, aber nicht undekorativ in den schattigen Stadtpark kippen.

Zur Pension gehörte auch eine lang gezogene Wirtsstube, in der eine dicke alte Bulldogge ohne großen Erfolg versuchte, Gäste und Katzen zu verscheuchen. Die Katzen ignorierten den schon etwas lahmenden Feind normalerweise, und die Gäste, die blieben, nahmen in Kauf, dass die Dogge, durch den Wurst- und Stelzendunst angelockt, von Zeit zu Zeit zu einem Sprung auf die Tischplatte ansetzte, von einer aktiven Teilnahme an der Mahlzeit dann letztlich aber doch absah.

Da mein Zimmer ziemlich klein und sehr schlicht eingerichtet war, wurde die Schenke mit den langen, durch Luftgitter voneinander abgetrennten Holztischen allmählich zu meinem Büro, und Mirko, der Wirt, wurde mein bester Freund, während ich es im Gegenzug, wie ich lange Zeit glaubte, zu seinem besten Gast brachte.

Mirkos Gastfreundschaft war einfach und freigiebig. Aus der Küche wurden große Töpfe mit Erdäpfel-, Speck- oder Bohnensuppen, umfängliche Platten mit aus Sauerkrautbergen aufragenden Rippenstücken und Wurstkränzen sowie unter dicken Staubzuckerschichten verborgene Strudel aufgetragen, die mit Mohn, Äpfeln, Topfen und Weintrauben gefüllt waren.

Da ich in dieser Schenke erstaunlich viel Zeit beim Ordnen meiner Notizen und dem Sondieren und Zuordnen kleinerer Fundstücke aus den umliegenden Weinbergen zubrachte, hatte Mirko mir eine schmale, durch zwei hölzerne Luftgitter abgetrennte Nische zugewiesen, von der aus ich das Leben in seiner Gostilna gut überblicken, aber dennoch einigermaßen ungestört arbeiten konnte. Dabei fiel mir auf, dass Mirkos Kellnerin ein oder vielleicht auch zweimal in der Woche – meist dann, wenn das Lokal noch oder schon wieder fast leer war – mit einem Tablett an mir vorbeizog, auf dem sich anstatt der üblichen Schweinshaxen und Würste wesentlich erlesenere Köstlichkeiten wie gebratene Wachteln, gespickte Fasane, gefüllte Hechte und Schleien, Pasteten, Flusskrebse und reife Käse befanden. Die Kellnerin pflegte dieses Tablett dann vor einer alten Eisentüre abzustellen, um einen großen schmiedeeisernen Schlüssel aus ihrer weißen Schürze zu fischen, mit dem sie die Tür aufsperrte.

Die Tür führte, soviel ich gerade noch sehen konnte, zu einer Treppe, die in einen lang gezogenen Natursteinkeller mündete, der offensichtlich ein Teil des unterirdischen Labyrinths von Maribor war. Was der Keller barg, sah ich jedoch nicht, da die Tür, bevor ich aufstehen konnte, bereits wieder ins Schloss gefallen war. Nach etwa fünf oder höchstens zehn Minuten kam die Kellnerin, eine schon etwas betagte Dame mit blitzsauberem Haarknoten, die sich durch einen strengen Blick hinter ihrer dünnrandigen Brille auch bei ausgelassenen Gesellschaften Respekt zu verschaffen wusste, mit dem leeren Tablett wieder die Stiegen herauf und drehte den Schlüssel zweimal im Türschloss um.

„Wer ist denn der Glückliche, der hinter dieser Türe so opulent tafeln darf?“, fragte ich, nachdem meine Neugierde von Mal zu Mal größer geworden war.

„Der Keller hinter der Tür ist an Private verpachtet“, erwiderte sie.

„Und die sind so privat, dass man sie einsperren muss?“

Der strenge Kellnerinnenblick traf mich wie ein Laserstrahl und ließ mir jede weitere Nachfrage unziemlich erscheinen.

Ich behielt die Tür jedoch auch in den nächsten Wochen genau im Auge, ja ich führte im Geiste sogar Buch darüber, was da von Kaviareiern bis zu Gänselebertörtchen alles an mir vorbeigetragen wurde. Meine geistigen Aufzeichnungen uferten im Laufe der Zeit zu einem regelrechten Kochbuch aus, das mir den Mund zusehends wässriger machte. Anfragen, ob ich nicht auch einmal ähnlicher Genüsse teilhaftig werden könnte, beantwortete Mirko, obschon eine Seele von einem Wirt, allerdings stets mit einer fast ungestümen Abschlägigkeit und dem Hinweis auf die absolute Privatheit all dessen, was sich hinter der schwarzen Eisentür abspielte und sich somit, wie er betonte, seiner Kontrolle entzog.

Allmählich verlor ich das Interesse an den üppigen Platten, ja, es fiel mir gar nicht mehr auf, dass sie vorbeigetragen wurden. Ich atmete wohl ihr Aroma ein, doch ich strich sie aus einer Art von kulinarischem Selbstschutz aus meinem Gedächtnis.

Meine archäologischen Arbeiten machten unterdessen große Fortschritte, die Notizbücher füllten sich, und einige antike Scherben, die allerdings durchwegs ohne größere wissenschaftliche Relevanz waren, fielen im Laufe der Arbeiten auch für mich ab. Ich vermaß, fotografierte und beschrieb sie mit aller gebotenen Akkuratesse und gab sie danach, wie es sich gehörte, bei der Grabungsleitung zur weiteren Archivierung ab.

Eines Tages fand ich jedoch in einem etwas entlegenen Weinberg im Dörfchen Vodole, das etwas außerhalb Maribors gelegen war, zwischen Schotter, Tergel und Lehm ein faustgroßes Steingebilde, das meine Aufmerksamkeit in wesentlich höherem Maße beanspruchte als die mehr oder minder unauffälligen Tonscherben der vergangenen Wochen, die sich in nichts von dem unterschieden, was in jedem Römermuseum zwischen Virunum und Xanten als wohlfeiles Vitrinenfutter dient.

Doch diesmal war es etwas anderes. Mein heutiger Fund regte nicht nur meinen Ehrgeiz, sondern auch meine Phantasie an. Auf den ersten Blick erschien mir das kugelförmige Gebilde, das ich aus dem schottrigen Boden geschürft hatte, mit seinen zahlreichen, warzenartigen Ausbuchtungen ein bizarr geformter Rückstand alten Lavagesteins zu sein.

Bei näherer Betrachtung fand ich jedoch heraus, dass sich die erhabenen Stellen mit einigem Vorstellungsvermögen als Gesicht deuten ließen, das von einem wild wuchernden Knäuel aus schlangenartigen Wülsten gekrönt wurde, die sich an manchen Stellen zu eigenartigen Tropfen verdickten. Allmählich wurde mir klar, dass ich hier keine natürliche Gesteinsbildung in Händen hielt, sondern ein von kunstfertigen Händen modelliertes Abbild eines schlangenbekränzten Kopfes, der über der Stirn und an den Ohren mit herabhängenden Trauben geschmückt war. Die Zeit hatte die Konturen dieses Kopfes wohl abgeschliffen und an manchen Stellen nahezu unkenntlich gemacht. Je länger ich das Sandsteingebilde in meiner Hand betrachtete, desto sicherer war ich mir jedoch, dass ich in den Weinbergen von Vodole eine altrömische Skulptur von hohem wissenschaftlichen Wert gefunden hatte.

Selbstverständlich wäre es meine Pflicht gewesen, dieses Fundstück sofort bei der Grabungsleitung zur genauen Altersbestimmung und weiteren Vermessung abzugeben. Doch ohne lange nachzudenken, ließ ich den Kopf in die tiefe Tasche meines Parkas gleiten und nahm ihn mit nach Hause.

„Schau, was ich gefunden habe", sagte ich zu Mirko, der sich schon bisher an meinen kleinen Fundstücken höchst interessiert gezeigt hatte.

„Sieht aus wie eine etwas unförmig geratene Kegelkugel", erwiderte er.

„Sieh sie dir doch einmal genauer an!"

„Könnte freilich auch ein menschliches Gesicht sein ..."

„Oder ein göttliches, findest du nicht?"

„Du meinst, es ist ...?"

„Genau das meine ich. Es muss zwar erst noch die Radiokarbonprüfung über sich ergehen lassen, aber ich bin fast sicher, dass du hier den Kopf des römischen Weingottes Bacchus in der Hand hältst. Der Fundort in den Weinbergen von Vodole spricht jedenfalls dafür."

Mirko blickte den Bacchuskopf an wie Hamlet Yoricks Schädel.

„Ich glaube", sagte Mirko sinnend, „nun muss ich dich wohl oder übel doch mit Doktor Tribuson bekannt machen, auch wenn er nichts mehr hasst als neue Bekanntschaften. Aber im selben Maße liebt Doktor Tribuson alles, was mit Wein zu tun hat oder, wie er sich auszudrücken pflegt, mit dem Wesen des Weines."

„Wer ist Doktor Tribuson?"

„Ich sagte doch schon, ich werde dich mit ihm bekannt machen. Vielleicht schon morgen, spätestens übermorgen. Heute ist er nicht da. Du hast ja sicher schon bemerkt, dass er nur ein oder höchstens zweimal die Woche kommt."

„Der Mann hinter der Eisentür? Ich habe noch niemals jemand anderen als die Kellnerin durch diese Tür gehen sehen."

„Doktor Tribuson benützt seinen eigenen Eingang. Das Kellerlabyrinth von Maribor hat deren viele. Das Labyrinth ist die Heimat von Doktor Tribuson. Er kennt die unterirdischen Gänge von Maribor wie der Minotauros jene von Knossos. Aber keine Angst, Doktor Tribuson ist keine schreckliche Gestalt und schon gar kein Fabelwesen, im Gegenteil."

„Für ein Fabelwesen hat er wohl auch einen zu guten Geschmack. Wie es scheint, speist er nur das Allerfeinste."

„Und erst was er dazu trinkt ... Vergiss den Bacchuskopf nicht, wenn du ihn kennen lernst. Doktor Tribuson ist einer der bedeutendsten Weinkenner der Welt."

Es dauerte fast eine Woche, bis ich diese möglicherweise etwas gewagte Behauptung nachprüfen konnte und die Eisentüre nicht vor, sondern hinter mir zufiel. Was sich dahinter auftat, war die erstaunlichste Sammlung von Weinen, die ich in meinem Leben jemals gesehen hatte. Der von Natursteinen überwölbte Kellerschlauch mochte hundert, wenn nicht gar hundertundfünfzig Meter lang sein und war von hölzernen Regalen gesäumt, in denen Tausende, ja Abertausende Flaschen neben- und übereinander aufgeschichtet waren. Das von ein paar alten Bunkerlampen nur matt erleuchtete Gewölbe mündete in eine Mauernische mit einem schweren Eichentisch, der offensichtlich aus einem einzigen langen Baumstamm gezimmert war, auf dem ein siebenarmiger Leuchter stand. Dahinter kam das Gebirge eines wohl nicht nur vom Weingenuss tief zerfurchten Gesichts zum Vorschein.

„Wie geht es Ihnen heute, Herr Doktor?", fragte Mirko ehrfürchtig, nachdem ich mit ihm die Flaschengalerie abgeschritten war.

„Sie wissen doch, dass ich es nicht ertrage, neue Gesichter kennen zu lernen", erwiderte dieser mit einer heiseren, aber bestimmten Stimme. „Mir sind die Physiognomien, in denen mir der Wein Tag für Tag begegnet, seit Jahren schon Gesellschaft genug."

„Ich weiß, ich weiß", murmelte Mirko ergeben. „Aber ich weiß auch, dass Ihnen Wegmarken, die Sie auf Ihrer

Reise in das Wesens des Weines voranbringen, stets willkommen waren. Darf ich Ihnen daher meinen Freund Mario Carozzi vorstellen. Er hat, wie ich überzeugt bin, eine dieser Wegmarken gefunden, und zwar fast unmittelbar über dem Keller hier. Doktor Carozzi ist Archäologe, müssen Sie wissen."

„Eine Art Kollege also", erwiderte Tribuson und räusperte sich freundlich. „Die Archäologie hat mich stets fasziniert, Doktor Carozzi, auch wenn ich selbst Philosophie und Theologie studiert habe. Doch das war in einem früheren Leben."

Eine peinliche Stille trat ein, in der ich nichts zu sagen wagte und Tribuson offensichtlich nicht mehr sagen wollte.

„Sie hätten den geschätzten Archäologicus dennoch nicht hierher bitten dürfen, mein lieber Mirko", sagte er, nachdem eine Minute peinlichen, ja qualvollen Schweigens vergangen war. „Es widerspricht unserer Abmachung. Sie wissen, dass jedes neue menschliche Gesicht mich irritiert und die Festplatte unter meiner Stirn so sehr strapaziert, dass sie mich von meinen Forschungen ablenkt. Wie soll man sich die Gesichter von Weinen merken, wenn man ständig von den Konterfeis ihrer menschlichen Verwandtschaft irritiert wird?"

Doktor Tribusons Blicke flirrten an meinen Augen vorbei und, scheinbar abwesend, durch das Kellergewölbe. Dann wandte er sich wieder mir zu. „Aber nun, da Sie schon einmal da sind, Herr Kollege Carozzi, so zeigen Sie mir halt, was Sie da gefunden haben."

Seine hochnäsige Art ärgerte mich, doch ich sah kaum eine andere Möglichkeit, dieser peinlichen Situation mit einem Minimum an Anstand zu entgehen, als ihm zumindest auf halbem Wege entgegenzukommen.

Ich wickelte also meinen Bacchuskopf aus dem groben gelben Leinentuch, in dem ich ihn seit einer knappen

Woche aufbewahrt hatte, und reichte ihn meinem Gegenüber. Doktor Tribuson nahm den steinernen Schädel nicht ohne eine gewisse Vorsicht in Empfang und wiegte ihn wie einen Apfel in seiner ausgespreizten rechten Hand, aus der er das kugelartige Gebilde ohne Zuhilfenahme seiner Linken sachte auf die massive Tischplatte rollen ließ.

„Sieh mal einer an", sagte er, „es ist tatsächlich ein Stück Gottheit, das Sie mir da gebracht haben. Da muss ich Ihnen wohl danken, mein lieber Mirko."

Mirko verneigte sich ehrerbietig.

„Sind Sie ein Weinkenner, Doktor Carozzi?", fragte mich Tribuson unvermittelt.

„Vielleicht kein Kenner", antwortete ich vorsichtig, „ich muss ehrlich gestehen, dass ich mich während meiner Ausgrabungen in Mexiko eher mit Mezcal und während meiner Tätigkeit in Italien und Kroatien mit Grappa al Peperoncino beschäftigt habe. Aber von Malvasia, Vitovska und vor allem von Teran verstehe ich ein bisschen etwas."

„Das ist immerhin ein guter Anfang", erwiderte Doktor Tribuson, dessen kantig harte Züge plötzlich ein wohlwollendes Lächeln umspielte. „Von Vitovska und Teran verstehen die wenigsten etwas. Mein Freund Mirko hat sich vielleicht doch etwas dabei gedacht, als er Sie in diese abgelegene Tabuzone des Kellerlabyrinths von Maribor einschleuste."

„Tabuzone?"

„Genau das. Ich habe diesen Keller für tabu erklärt." Sein Blick wandte sich abermals Mirko zu, gegen den er, nicht ohne eine gewisse Drohgebärde, den Zeigefinger erhob.

„Der Wein ist eines der letzten Tabus dieser Welt", fuhr er fort, „obwohl er doch buchstäblich in aller Munde ist. Alle trinken ihn. Alle reden und schreiben über ihn. Manche bekämpfen ihn auch, doch die sind nicht bei Trost, obwohl es ihrer immer mehr werden. Eine beunruhigende Entwicklung, finden Sie nicht, Herr Kollege?“

„Beunruhigend, gewiss, aber ich glaube nicht, dass es eine Zeit geben wird, in der kein Wein mehr getrunken wird.“

„Ihr Wort in Gottes Ohr, Doktor Carozzi.“

„Ich fürchte, Gott hat kein Ohr, zumindest nicht für Sie und mich. Wen wir fürchten müssen, ist nicht Gott, sondern lediglich die Bürokraten in Brüssel mit ihrem verkorksten Prohibitionismus.“

„Ich sehe, Sie haben die Fragestellung durchdrungen. Ich fürchte allerdings, dass die Menschen, wenn sie erst einmal das Wesen des Weines vergessen haben, auch das Wesen des Menschseins aus ihrem Blickfeld verlieren. Verstehen Sie, was ich meine?“

„Ich kann Ihnen da nicht widersprechen“, versuchte ich die zart keimende Gesprächsbasis zwischen uns weiter zu verbessern.

„Das Wesen des Weines und jenes des Menschen sind ident“, fuhr Doktor Tribuson nicht ohne Emphase fort und ließ dabei, wie zur Illustration, seine zur Faust geballte Rechte auf den Eichentisch niedersausen.

„Diese angeblichen Kenner des Weines“, fuhr er fort, „sie haben sich ein pseudowissenschaftliches Konstrukt zurechtgelegt, um Weine beschreiben zu können. Sie notieren große Burgunder und Bordeaux, Kalifornier und Piemonteser, als handelte es sich um Aktien an der Börse. Sie evaluieren den Wein, wie man heute zu sagen pflegt. Doch sie sind allesamt nicht in der Lage, das Wesen des Weines auch nur im Geringsten zu erfassen. Verstehen Sie, was ich meine?“

Ich nickte vorsichtshalber, obwohl mir beileibe nicht klar war, worauf Doktor Tribuson, dessen Gesicht nach wie vor im Halbschatten des flirrenden Lichts der Kellerlaterne lag, hinauswollte.

„Meinen bescheidenen Ruf als Weinkenner verdanke ich der Tatsache“, fuhr er fort, „dass es mir gelang, alle großen Jahrgänge aus Bordeaux und Burgund in jeder Blindverkostung so treffsicher und trennscharf auseinanderzukennen, als wäre mein Gaumen ein Samuraischwert.“

„Beneidenswert“, sagte ich beflissen.

„Sie brauchen mich nicht zu beneiden. Denn diese Fähigkeit, so erkannte ich schon bald, ist nichts, ja weniger als nichts. Es ist keine Befähigung, sondern eine antrainierte Fertigkeit. Jeder Idiot, der sich über eine längere Zeitspanne hinweg mit rund hundert, vielleicht auch zweihundert Weinen wirklich intensiv auseinandersetzt, kann das. Ich bin sicher, Sie könnten es auch.“

„Ich wäre mir da nicht so sicher“, erwiderte ich kleinlaut.

„Doch, doch. Hätte ich mir in diesem Keller nicht absolute Einsamkeit verordnet, ich könnte Sie schon binnen weniger Tage zu einem Kenner machen, der die Weinfachwelt vor Neid erblassen ließe“, sagte Doktor Tribuson. „Nichts ist leichter, als Ihnen die so genannten großen Weine, die in diesem Keller liegen, nahe zu bringen. Geben Sie mir drei Tage, und ich mache einen perfekten Bordeaux-Kenner aus Ihnen, selbst für den Fall, dass Sie ein Stumpfgaumen sein sollten. Selbst dann würde es mir gelingen.“

„Ich fürchte, Sie überschätzen die Ausstattung an Geschmackspapillen, die mir der liebe Gott bewilligt hat.“

„Gewiss nicht. Glauben Sie mir, es gibt kein Weinkoster-Gen, und nichts ist leichter, als aus einem Nichtschmecker einen Feinschmecker zu machen. Sie merken sich ein paar charakteristische Geschmäcker, auf die ich Sie hinweise – und nach zwei- oder dreihundert Kostproben können Sie keine Minze mehr riechen, ohne sofort an Margaux zu denken. Oder es erinnert Sie etwas an eine Erdbeere, die über Nacht in einer Zigarrenkiste gelegen ist. Und schon wissen Sie, dass Sie in den Weingärten von Romanée-Conti in der Bourgogne angelangt sind. Dann schauen Sie ein bisschen tiefer ins Glas, als manche Stümper dies tun, und schon wissen Sie auch, in welchem Jahr Sie sich befinden. Nichts ist leichter als das. Sie brauchen nur die nötigen Weine zu Ihrer Verfügung zu haben. Drehen Sie sich einfach um, Doktor Carozzi, und schon finden Sie sich im siebten Weinhimmel wieder. Denn hier sind sie alle, die großen Petrus, La Tâche, Latour, Eglise-Clinet, Valendreau, Cheval Blanc, Baron oder Comtesse Pichon-Lalande, und wie sie alle heißen. Leisten Sie mir zwei, drei Tage Gesellschaft in meinem Keller und Sie können von Archäologie auf Önologie umsatteln, Doktor Carozzi."

„Das würde ich gerne tun", erwiderte ich ehrfürchtig, „aber Sie sagten ja bereits, Sie möchten allein sein – und warum sollten Sie mir dieses einträgliche und vor allem auch geheiligte Wissen auch zukommen lassen."

„Ach was, geheiligt", erwiderte Tribuson forsch. „Nichts daran ist heilig. Jeder Trottel kann es sich aneignen. Womit ich nicht sagen will, dass Sie ein Trottel sind, wenngleich dieser etwas despektierlich gewählte Ausdruck meiner Erfahrung nach auf viele Weinkenner zutrifft, gerade auf jene, die sich für die besten halten."

„Dennoch wäre ich an einer solchen Trottel-Ausbildung durchaus interessiert", erwiderte ich.

„Gehen wir einmal davon aus, ich würde Ihnen eine solche Ausbildung tatsächlich zukommen lassen, Doktor Carozzi", erwiderte Tribuson, „selbst dann würden Sie noch immer nicht das Geringste vom Wesen des Weines verstanden haben."

„Das Wesen des Weines scheint Ihnen wichtiger zu sein als sein Geschmack", erwiderte ich. „Darf ich Sie daher fragen, was genau Sie unter diesem Wesen verstehen?"

„Ihre Frage ist falsch gestellt“, erwiderte Doktor Tribuson hörbar verärgert. „Es geht nicht darum, was ich darunter verstehe, hier geht es im Gegensatz zum Geschmack des Weines nicht um objektiv beschreibbare Tatsachen. Es geht vielmehr darum zu erfühlen, was das Wesen des Weines in seiner Tiefe, man könnte auch sagen, in seiner Seele ist.“

„Ich begreife schon, das Wesen des Weines ähnelt jenem des Menschen – ich bin ein gelehriger Schüler.“

„Sie sind, mit Verlaub, ein Stümper. Und Sie blieben es auch, wenn Sie einen 45er Mouton von einem 61er Lafite mit einem tiefen Atemzug oder einem kurzen Zungenschlag zu unterscheiden wüssten, was in Wahrheit nicht wirklich schwierig ist. Wesentlich schwieriger wäre es schon, einen Zelen von einem Pinela oder einen Blauköllner von einem Modra Frankinja zu unterscheiden, doch auch das ist möglich, und es würde über Ihre Fähigkeiten als Weinversteher nur wenig aussagen.“

„Und was würde etwas darüber aussagen, ob ich nun etwas vom Wein verstehe oder nicht“, fragte ich leicht gereizt.

„Nicht vom Wein, sondern den Wein. Der Wein, ich sagte es schon, ist ein Wesen, und nur die Tatsache, ob Sie etwas über dieses Wesen aussagen können, macht Sie zu dem, was ich unter einem Weinmenschen verstehe. Sie müssen in der Lage sein, sich über die Distanz zwischen dem Menschen und dem Wein, den er trinkt, hinwegzusetzen.“

„Und wie kann ich das lernen?“

„Ganz einfach. Indem Sie sich opfern. Sie müssen dem Wein Ihr Fleisch, ja Sie müssen ihm Ihren ganzen Körper zum Opfer bringen. Genau wie Orpheus, dessen Leib bei den dionysischen Mysterien von den wilden Mänaden in Stücke gerissen wurde. Oder wie Christus, dessen

Fleisch am Kreuz zerfetzt wurde. Auch er war, wie wir vom Letzten Abendmahl wissen, ein großer Weinversteher, und er hat sein Blut nicht nur *wie*, sondern er hat es *als* Wein vergossen, nur dass seine Mänaden römische Legionäre waren."

Er lachte ein leises, aber schauriges Lachen. „Aber es ist das Wesen der dionysischen Mysterien, dass das, was zerfetzt wurde, zuletzt wieder zueinanderfindet, in Harmonie und Eintracht. Bei Jesus war es nicht anders."

Nun lachte Doktor Tribuson lauthals auf. „Mehr lässt sich über das Wesen des Weines nicht sagen. Ich habe Ihnen alles erzählt."

„Ich habe allerdings noch keineswegs alles verstanden", gab ich offen zu.

„Dann müssen Sie mich wohl verlassen, mein lieber Kollege", setzte Tribuson hinzu. „Mein Leben wird nicht mehr lange genug währen, um Stümpern wie Ihnen das Wesen des Weines auseinanderzusetzen."

„Vergessen Sie nicht, dass Doktor Carozzi Ihnen den Bacchuskopf gebracht hat, nach dem Sie schon so lange gesucht haben", mischte sich Mirko ein.

„Ach ja, der Kopf", erwiderte Tribuson, während er den Bacchuskopf nachdenklich streichelte und ihn dabei sogar zu liebkosen schien.

„Da haben Sie Recht, Mirko. Ich muss wohl etwas nachsichtiger mit unserem Herrn Archäologen sein", erwiderte Tribuson, und er blickte mir tief in die Augen. „So einen Kopf findet nicht jeder, und schon gar nicht alle Tage. Sie haben meine Zuwendung verdient, Doktor Carozzi. Und ob Sie mir nun sympathisch sind oder nicht, in jedem Fall haben Sie mich auf meiner Suche nach dem Wesen des Weines doch um einen entscheidenden Schritt weitergebracht."

„Einen Schritt?", fragte ich. „Welchen Schritt?"

„Ich fürchte, ich komme nicht umhin, Ihnen eine kleine Geschichte zu erzählen“, sagte Doktor Tribuson. „Ich berichtete Ihnen ja bereits, dass es mir gelungen war, die angeblichen Geheimnisse der Weine aus Burgund und Bordeaux so zu entschlüsseln, dass selbst Mr. Johnson und Mr. Parker, die beiden vermeintlich größten Weinkenner der Welt, mir mit tiefer Ehrerbietung begegneten, weil sie wussten, dass ich sie, wie Bobby Fischer seinen großen Konkurrenten Boris Spasski, aus dem Felde hätte schlagen können. Doch auf solche Duelle ließ ich mich nicht ein. Ich wollte nicht. Mir ging es nicht um Kennerschaft, sondern um Erkenntnis.“

„Und wie sind Sie dabei vorgegangen, um dem Wein diese Erkenntnis zu entlocken?“

Doktor Tribuson lehnte sich ein Stück weit nach hinten, wodurch sein Gesicht nahezu völlig in der Finsternis des Kellerschlauchs verschwand.

„Gott hat mir ein wenig dabei geholfen, indem er mir schon vor Jahren eine Krankheit namens Diabetes mellitus sandte.“

„Diabetes soll als Katalysator dienen, das Wesen des Weines zu ergründen? Das müssen Sie mir schon näher erklären.“

„Sie haben schon richtig gehört, mein Freund. Ohne meinen Diabetes wäre ich, was das Wesen des Weines betrifft, heute genauso ein Stümper, wie Sie einer sind. Doch es dauerte eine Weile, bis ich das erkannte. Zunächst beachtete ich diese Erkrankung kaum, sie war mir, um ehrlich zu sein, ziemlich gleichgültig. Ich trank weiter meine geliebten Sauternes zum Gänseleberparfait, ich ließ mir die köstlichsten Pasteten schmecken, und die einzige Frage, die sich mir dabei stellte, lautete: Pomerol oder Pommard? Das ging eine ganze Weile lang gut. Doch dann bemerkte ich plötzlich, dass sich meine linke Zehe schwarz zu verfärben begann und die Ärzte sich ernsthaft Sorgen um mich machten."

„Und wie haben Sie darauf reagiert?"

„Ich verzichtete weder auf die Pasteten noch auf den Pommard, wenn Sie das meinen", erwiderte Tribuson und schob seinen massigen Körper wieder etwas weiter vorwärts aus dem Halbdunkel ins diffuse Licht. „Es schien mir ein Stück Zivilcourage zu sein, mich von den wiederholten Mahnungen der Ärzte nicht ins Bockshorn jagen zu lassen. Sie verlangten von mir, meinen Charakter, das Wesen meines Seins, meiner Gesundheit zu opfern, und da habe ich nicht mitgespielt. Nicht ganz ohne Folgen, klarerweise."

„Man musste Sie operieren, richtig?"

„Ja, die schwarze Zehe musste weg. Das störte anfangs meinen Gleichgewichtssinn zwar erheblich, aber schon bald nach der Operation bemerkte ich, dass ich, seit mir die Zehe fehlte, am Gaumen wesentlich mehr herausschmeckte als zuvor. Plötzlich erschlossen sich mir Aromen, von denen ich im Laufe meiner Karriere als Weinkoster nicht einmal zu träumen gewagt hätte. Ich wandte mich von den großen Bordeaux und Burgundern ab und den seltenen, nur in winzigen Gebieten gedeihenden Rebsorten zu. Und jeder Wein, war er noch so groß oder auch – was noch viel schwieriger zu merken ist – klein gewesen, prägte sich mit allen seinen Geschmackskonnotationen tief in mein Gedächtnis ein."

„Und Ihren Lebensstil haben Sie weiterhin nicht verändert?"

„Wo denken Sie hin, mein Freund? Als mir der Arzt eröffnete, er müsse mir auch noch die Zehe des rechten Fußes entfernen, sah ich dieser Operation keineswegs angstvoll, sondern mit spannungsgeladener Erwartung entgegen. Und ich wurde nicht enttäuscht. Kaum war ich aus der Narkose erwacht, ließ ich mir ein Glas Wein bringen und erkannte zu meiner großen Freude, dass sich meine geschmackliche Wahrnehmung nicht verdoppelt, sondern sogar noch vervielfacht hatte. Und was das Beste daran war: Allmählich, nur ganz allmählich erkannte ich, dass ich dem Geheimnis des Weines nun nicht mehr nur auf der Spur war, sondern mich in langsamen, bedächtigen Schritten der Entschlüsselung seines wahren Wesens näherte. Auf ihr Wohl, Doktor Carozzi. Ich denke, ich habe mehr erzählt, als ich wollte. Sie sollten jetzt gehen."

Tribuson griff nach dem Glas Wein, das seit Beginn unseres Gesprächs unberührt auf der Eichenholzplatte stand. Dahinter thronte er nun wie ein König und führte das Glas, das fast so groß wie sein schmaler, zum Hinterhirn spitz zulaufender Kopf war, an die Lippen.

„Auf Ihr Wohl, Doktor Tribuson", erwiderte ich, obwohl dieser mir während unserer Unterredung nicht einen einzigen Schluck Wein angeboten hatte.

Als er meine ausgestreckte Hand ignorierte, fiel mir auf, dass er dies nicht aus Unfreundlichkeit tat, sondern weil er keine zweite Hand zur Verfügung hatte, die er mir hätte reichen können. Jetzt bemerkte ich trotz des düsteren Halbdunkels auch, dass Dr. Tribusons massiger Oberkörper zwischen den beiden Lehnen seines Stuhls regelrecht feststeckte, um nicht das Gleichgewicht zu verlieren, da ihm beide Beine fehlten. Tatsächlich war ihm von seinen vier Gliedmaßen nur ein einziger Arm geblieben.

„Radikaler Rebschnitt", sagte Dr. Tribuson achselzuckend. „Das war der Preis für meinen unbestechlichen Gaumen. Ich habe alle sensorischen Kräfte auf die Mundhöhle und die unbedingt lebenswichtigen Organe konzentriert. Alles Übrige habe ich der Suche nach dem Wesen des Weines geopfert."

Tribuson stellte sein Glas auf den Tisch und griff stattdessen noch einmal nach meinem Bacchuskopf.

„Er ist mir noch einen Schritt voraus“, sagte er. „Erst wenn alle meine Glieder entfernt sein werden und nur noch so viel von mir übrig ist wie von diesem hübschen kleinen Bacchus, dann werde ich endgültig wissen, was das Wesen des Weines ist.“

„Aber dann werden Sie tot sein.“

„Ach was. Der Tod ist dem Menschen zumutbar“, erwiderte Doktor Tribuson. „Gott selbst hat das so eingerichtet. Aber wozu erzähle ich Ihnen das? Ihr Bacchus ist ja selbst eine Gottheit, oder zumindest ein Teil davon.“

Mit diesen Worten ließ er den Kopf aus seiner Hand gleiten und quer über die Tischplatte auf mich zurollen.

Ich nahm mein Artefakt gehorsam in Empfang, wickelte es in das gelbe Leinentuch und zog mich artig zurück.

Die Radiokarbonmethode, der ich das rebenumkränzte Haupt des Bacchus aus den Weingärten von Vodole schon am nächsten Tage unterzog, ergab übrigens, dass es sich dabei keineswegs um eine altrömische Skulptur, sondern um eine eher billige Kopie aus dem neunzehnten Jahrhundert handelte.

Der Bacchus hat heute noch einen Ehrenplatz auf meinem Bücherregal und wird, wenn ich ihn genau betrachte, Doktor Tribuson von Tag zu Tag ähnlicher. Götter sind, unabhängig davon, wann und wie man sie darstellt, von ewigem Bestand. Und das Wesen des Weines ist es wohl auch.

Das Brummen im Karst

Wie so viele Geschichten, deren Ende sich nicht vorausahnen lässt, beginnt auch diese in einer völlig anderen Welt als in jener, in der sie endet. Im Grund genommen hätte es eine ganz einfache Pferdegeschichte werden sollen, und die Voraussetzungen dafür waren alles andere als übel. Das Honorar, das mir ein renommiertes Hochglanzmagazin mit dem vielsagenden Titel „Pferderevue" in Aussicht gestellt hatte, stimmte, ja es war sogar ziemlich großzügig bemessen. Ich muss allerdings gestehen, dass es nicht so sehr meine archäologische Reputation als vielmehr Valerias Verbindungen waren, die dieses Honorar in die Höhe getrieben hatten. Die Chefredakteurin der in Mailand erscheinenden internationalen Pferdezeitschrift war nämlich Valerias Studienkollegin Graziella, die sie bei einem Maturatreffen in Abano Terme nach langer Zeit wieder getroffen hatte. Was immer die beiden dort besprochen haben mögen, es endete damit, dass Valeria, sei es aus Mitleid mit dem arbeitslosen Archäologen an ihrer Seite oder schlicht, um mein zuweilen höchst gekränktes Selbstbewusstsein zu streicheln, den Auftrag für mich akquirierte, für Graziellas Magazin eine Reportage über das römische Karstpferd zu schreiben.

Meine Beziehung zu Pferden hält sich, um ehrlich zu sein, in engen Grenzen. Ich hatte zwar in meiner frühen Jugend etliche Reitstunden absolviert, dann allerdings die alte Weisheit nicht beherzigt, nach dem ersten Abwurf sofort wieder in den Sattel zu steigen. Und mein erster Abwurf war einigermaßen spektakulär gewesen.

Doch das ist eine ganz andere Geschichte als jene des römischen Karstpferdes, von dem ich als ausgewiesener

Spezialist für die Kultur der Maya und Azteken nicht die geringste Ahnung hatte.

„Ich kenne kein römisches Karstpferd", sagte ich, als mir Valeria die vermeintlich frohe Kunde meines neuen Auftrags überbrachte.

„Du wirst dich kundig machen, du bist Archäologe", hatte Valeria geantwortet und mich mit dem Hinweis auf Graziellas großzügigen Vorschuss inklusive eines nicht minder generösen Spesenrahmens gleich auf die Reise in den Karst geschickt. Valeria selbst dachte allerdings nicht daran, mir dabei auch nur die geringste Hilfestellung zu leisten. Denn erstens mochte auch sie keine Pferde, und zweitens war das kleine Hotel am Fuße der Drei Zinnen, in dem sie als Directrice unser beider Lebensunterhalt verdiente, im Herbst so proppenvoll, dass an eine gemeinsame kleine Lustfahrt ins Hinterland von Triest gar nicht zu denken war.

Die Hoffnung, dass ich ihr bei der Führung ihres Betriebs auch nur einigermaßen sinnvoll zur Hand gehen könnte, hatte Valeria zu diesem Zeitpunkt längst aufgegeben. Das hatte sie nun davon, ohne tieferen Sinn und aus schierer Liebe einen chronisch arbeitslosen Archäologen zu heiraten.

Aber Valeria tut mir nicht leid: Die modernen Frauen mögen Abenteurer, und solche mit Indianerohrringen im Ohrläppchen und einem langen, mit einem Band aus Alligatorleder zusammengebundenen blonden Haarschweif schon gar. Doch wenn das Abenteuer allmählich zum Alltag mutiert, stellt sich beim zunächst so begehrten Abenteurer langsam eine gewisse ökonomische Bringschuld ein. Die Frage war nur, wie es mir gelingen sollte, dieselbe einzulösen. Ich hatte zu Gästen noch weniger Beziehung als zu Pferden, und Valeria hatte mich im Haus unter dem mächtigen Bergmassiv schon ohne jeglichen Erfolg als

Sommelier ausprobiert (ich tauge nur zum Koster, nicht zum Kellner), und auch in der Küche erwies ich mich, obwohl ich für ein oder zwei nicht allzu anspruchsvolle Gaumen, wie ich glaube, recht ordentlich kochen kann, als komplett untalentiert.

Vor allem meine Vorliebe für höllenscharfe Chilis wurde mir bei meinen zaghaften Versuchen als Commis de Cuisine unter den Drei Zinnen immer wieder zum Verhängnis. Nachdem einem Stammgast, den ich mit meinen mexikanisch inspirierten Spaghetti al Peperoncino verwöhnt hatte, der Magen ausgepumpt werden musste, blieb Valeria keine andere Wahl, als mich aus der Küche abzuziehen, weil ihr sonst ihr sternegekrönter Küchenchef davongelaufen wäre.

Es wäre also nicht wirklich opportun gewesen, Graziellas Angebot, auf Redaktionskosten nach einem ominösen, mir nicht näher bekannten, aber offenbar existenten römischen Karstpferd zu fahnden, auszuschlagen. Außerdem reizte mich die Aussicht, wieder einmal in jene Gegend zu fahren, die mir nach meinen Abenteuern auf der kroatischen Insel Balaor, in deren Verlauf ich immerhin Valeria kennen und lieben gelernt hatte, mehr als nur vertraut war.

Ich machte mich also an die Arbeit und versuchte zunächst in der Bozener Stadtbibliothek zu erkunden, was denn nun eigentlich ein römisches Karstpferd sei. Die Bozener Bibliothek wusste darüber exakt – nichts, und der Ötzi, über den sie sehr viel wusste, war leider kein Pferd, schon gar keines aus dem Karst.

Ich fuhr also mit meinem alten – und seltsamerweise immer noch fahrtüchtigen – Lada nach Verona, dessen Biblioteca Civica schon wesentlich ergiebiger war. Unter der schweren Kassettendecke des Lesesaals erfuhr ich immerhin, dass schon Vergil darüber berichtet hatte, wie seine Landsleute im heutigen Karst unweit der Mündung des sagenumwobenen Flusses Timavus eine Auswahl von Mutterstuten und ebenso mutigen wie feurigen Hengsten für die Zucht einer hippologischen Herrenrasse eingesetzt hatten, deren Brut sie dann vorzugsweise für die berühmten Wagenrennen im römischen Circus Maximus verwendeten.

Ich muss gestehen, dass mir diese ungenierte Art von Rassismus auch dann zuwider ist, wenn die Betroffenen Tiere und keine Menschen sind. Es war diese Lebensborn-Ideologie der gesteuerten Zuchtwahl, die mir, selbst im Zusammenhang mit Pferden, ein tiefes Unbehagen bereitete und meine Lust, am gestellten Thema weiterzuarbeiten, auf ein absolutes Minimum schrumpfen ließ.

Spannender fand ich schon das Blättern in der Originalausgabe des Werkes „Die Ehre dess Hertzogthums Crain" des Freiherrn Johann Weichard von Valvasor aus dem Jahre 1689, einer der gewaltigsten historischen Topographien, die mir im Laufe meiner wissenschaftlichen Tätigkeit jemals in die Hände gekommen ist. „Unter den Pferden rühmt man in ganz Europa die Karstpferde", las ich da, „welche in Crain gezogen werden: sonderlich wegen Ihrer Dauerhaftigkeit, denn sie leben lange und halten sowohl die Arbeit als auch den Ritt langbeharrlich aus. Wie sie dann auch, weil sie noch jung dazugewähnt werden, indem sie auf lauter Stein und Felsen weiden."

Fast wie von selbst stieß ich im Laufe meiner Recherchen auch auf das berühmte Gestüt in Lipica, aus dem die noch berühmteren Lipizzaner der Wiener Hofreitschule ursprünglich stammen. Sie sollen gegen Ende des achtzehnten Jahrhunderts die Strecke von Lipica nach Wien – immerhin 500 km – aufgrund ihrer Stärke und Widerstandskraft auf den damals noch ziemlich unwegsamen Straßen in acht Tagen bewältigt haben.

Schon kurz darauf traf ich in Lipica ein, wo mich ein freundlicher Bereiter der edlen Hengste darüber aufklärte, dass es sich beim römischen Karstpferd um eine längst ausgestorbene Rasse handle, die allenfalls als ferner Vorläufer der Lipizzaner gelten konnte, welche ihre Kraft und Eleganz jedoch hauptsächlich der Durchmischung mit dem Blut von neapolitanischen, arabischen und andalusischen Hengsten verdankten.

Ein Karstpferd, so war mein Gesprächspartner überzeugt, würde ich in Lipica jedenfalls nicht zu Gesicht bekommen, aber es stehe mir natürlich frei, mich auf die Suche nach ein paar alten Kleppern in den umliegenden Gehöften zu begeben, die dem ziemlich kleinen, kurzen und stämmigen Pferd, das Vergil und Valvasor beschrieben hatten, ähnlich seien und heute, wenn überhaupt, noch als Zug- und Lasttiere eingesetzt würden.

Auf diese Weise machte ich in der nahen Ortschaft Storje die Bekanntschaft von Bogdan Skoc. Er war ein adrett gekleideter kleiner Mann, der mit seinem Schnurrbärtchen, dem blütenweißen Hemd und der karierten Fliege unter dem Kragen wie ein amerikanischer Ringrichter aussah. Als ich ihn zum ersten Mal traf, stand er jedoch nicht im Ring, sondern inmitten einer Koppel, in der er ein halbes Dutzend gedrungener, ja fast ein wenig dicklicher, kleiner Pferde herumtrieb, die mir ganz danach aussahen, unmittelbare Nachfahren des altrömischen Karstpferds zu sein.

„Cavalli del Carso?“, fragte ich ihn auf Italienisch, das er offenbar schlecht verstand, weshalb er mir nur mit einem breiten Grinsen antwortete und mich anschließend in gebrochenem Englisch aufforderte, doch in seiner Schenke gleich nebenan einzukehren und die Sache bei einem Mittagessen zu besprechen.

Die Gostilna von Bogdan Skoc war ein hübsches, gar nicht so kleines, in Weiß- und Grüntönen gehaltenes Lokal, in dessen zahlreichen Nischen nicht minder zahlreiche

Gläserkästen standen, die mit allerlei Tafel-Nippes und jeder Menge Porzellanpferde unterschiedlichster Größe gefüllt waren.

Bogdan Skoc servierte mir zunächst eine Jota, eine dicke Suppe mit viel Sauerkraut und Speck sowie noch mehr Röhrennudeln darin, und dann folgte ein saftiges, zartrosa gebratenes Steak mit getrüffelten Gnocchi und einer Sauce aus Teran, dem säuerlichen lokalen Rotwein, der, wie er mir erzählte, ausschließlich auf roter Karsterde gedeihe. Das Steak roch mehr nach Pferd als nach Trüffeln und Rotwein, aber vielleicht bildete ich mir das auch nur ein.

„Sie wollten mit mir über meine Pferde sprechen", bestätigte Bogdan Skoc gleich darauf meine Vermutungen. „Also, hier sind sie."

„Sie werden doch Ihre großartigen altrömischen Karstpferde nicht zu Steaks ...?", fragte ich ehrlich erschüttert.

„Es sind keine großartigen altrömischen Karstpferde", erwiderte Skoc, „es handelt sich vielmehr um Fohlen von ungarisch-arabischen Vollblütern polnischer Abstammung, die jede Menge Fleisch abgeben. Sechs bis sieben Monate werden sie in der Koppel gehalten, bis ihr Fleisch richtig schön und zart ist. Dann geht es auf die Schlachtbank und danach ab in die Küche."

„Aber solche Fohlen haben doch auch Eltern?", wandte ich ein.

„Die Eltern brauchen das Los ihrer Kinder nicht zu befürchten", erwiderte Skoc. „Ihre Bestimmung ist vielmehr die Kutsche." Sein Lächeln verbreiterte sich abermals. „Und was für eine Kutsche!"

Es war nun wohl an mir zu fragen, von welch wundersamer Kutsche er da sprach.

„Es ist die Kutsche, in der schon die göttliche Greta Garbo gefahren ist. Sie hat 1947 mit Fredric March hier

Anna Karenina gedreht, und auf dem Kutschbock saß kein Geringerer als mein Vater, der alte Ivan Skoc."

Ich machte einen tiefen Schnitt in mein saignant gebratenes Fohlensteak, und ich muss gestehen, dass es wirklich ausgezeichnet schmeckte. Allerdings konnte ich mir nicht vorstellen, dass eine Geschichte über die Fohlen des Herrn Skoc das war, worüber Valerias Freundin Graziella eine noch dazu wirklich gut bezahlte Geschichte in ihrer Mailänder Pferderevue lesen wollte.

Ich erzählte Bogdan von meinem Kummer, und er tröstete mich, indem er mir einen doppelten Travarica, einen hausgebrannten Kräuterschnaps, einschenkte.

„Vergessen Sie doch Ihre Geschichte vom Karstpferd", sagte er. „Sie werden es hier nicht finden. Es ist ausgestorben, auch wenn sein Blut da und dort noch in den Adern eines Lipizzaners fließen mag. Aber ich kann Ihnen versichern, Lipizzanersteaks sind zäh und geschmacklos. Kein Vergleich mit meinen Fohlen."

Sein notorisches Grinsen verzerrte sich zu selbstzufriedener Genugtuung.

„Das hilft mir aber nicht weiter. Ich werde dafür bezahlt, einen Artikel über das römische Karstpferd zu verfassen."

Das breite Grinsen wurde wieder schmäler.

„Ich weiß eine Geschichte, die Sie noch viel berühmter machen kann, als ein Pferd es jemals vermag", sagte er. „Aber ich darf sie nicht verraten."

Ich wurde erwartungsgemäß neugierig und bohrte weiter.

Bogdan zierte sich ein wenig und wollte, wie ich bemerkte, gebeten sein, diese angeblich so geheime Geschichte preiszugeben.

Nach einem weiteren doppelten Travarica hatte ich ihn so weit.

„Also, ich habe einen Bruder“, begann er zu erzählen. „Der beschäftigt sich nicht mit Pferden, sondern er erforscht Dinge.“

„Welche Dinge?“

„Außerordentlich seltsame Dinge. Und vielleicht kann ich ihn dazu überreden, Sie in diese Seltsamkeiten einzuweihen. Mein Bruder, muss ich hinzufügen, ist Toningenieur.“

„Ich schreibe nicht über Musik“, erwiderte ich.

„Mein Bruder erforscht auch keine Musik. Er beschäftigt sich nur mit Tönen.“

„Wo arbeitet Ihr Bruder?“ fragte ich, eher höflichkeitshalber und ein wenig enttäuscht.

„Keine Bange, ich werde Sie zu ihm bringen, Herr …“

„Carozzi, Doktor Carozzi. Ich bin Archäologe.”

„Also dann, Herr Doktor Carozzi“, erwiderte Bogdan mit vermutlich gespielter Ehrfurcht, „folgen Sie mir bitte.“

Wir fuhren in seinem Geländewagen eine Weile durch den Karst. Die Luft schmeckte, je mehr wir uns der Küste näherten, immer intensiver nach Salz und Bitterkräutern. Die Erde unter dem Gestrüpp war karminrot, und das Strauchwerk überwucherte immer häufiger tiefe, von unserem Wagen aus kaum erkennbare Dellen in der Landschaft, die aussahen wie Minenkrater, von der Natur nur dürftig bekleidet.

Schließlich blieben wir vor einem von einer blattlosen Baumgruppe umstandenen Betonbunker stehen, in dessen massives, aber schmuckloses Mauerwerk eine Metalltür eingelassen war. Bogdan fuhr seinen Geländewagen ganz nah an die Tür heran und parkte auf einer von roter Erde und grauweißem Gestein gleichermaßen überzogenen Platte. Er öffnete die Eisentür, und wir standen am Eingang eines Felsendoms, dessen Dimension sich dem Eintretenden erst erschloss, sobald er die stählerne Wendeltreppe in den gähnenden Abgrund hinabstieg.

„Die Triestiner sind der Überzeugung, dass, wer eine Karstgrotte kennt, alle kenne“, sagte Bogdan Skoc lachend. „Doch diese Grotte kennen die Triestiner nicht. Es ist keine Grotte wie andere.“

Wir stiegen an die hundert Stufen hinab in die Tiefe, wo es trotz des flackernden Arbeitslichts dunkler und dunkler wurde, wie in einer Zisterne, die in einen finsteren Orkus führt. Von den Wänden tropfte Wasser in rhythmischen Intervallen, wobei sich die Tropfgeräusche in meinen Ohren durch den Widerhall aus dem Felsengewölbe vervielfachten.

Als wir am unteren Ende der Wendeltreppe angelangt waren, standen wir vor einer weiteren, diesmal noch dickeren Stahltür, die sich nur durch ein elektronisches Kombinationsschloss öffnen ließ.

Bogdan tippte den Code ein.

Die Tür führte in einen kleineren, lang gezogenen, von Stalaktiten überwucherten Seitenteil des Felsendoms, in dessen Mitte ein mindestens sechs Meter langer Eichentisch stand, der auf den ersten Blick wie ein gleichschenkeliges Dreieck wirkte, sich bei genauerem Hinsehen jedoch als präzise zugeschliffenes Trapez herausstellte. Auf dem Tisch standen allerlei Geräte, die durch bunte Drähte miteinander verbunden waren, sowie ein Sony-Laptop. Erstaunlicherweise lag daneben eine Akustik-Gitarre, die den Bewohner dieser Höhle, wer immer es sein mochte, als Musikfreund auswies. Am äußersten Ende des Tisches schließlich stand ein giftgrüner Glasballon von beachtlichen Dimensionen, in dem ein Säbel von jener Art steckte, mit der in früheren Zeiten wohl einmal Schlachten gewonnen oder – wie so oft auf dem Balkan – verloren wurden.

Ich ruckelte, nicht ohne eine gewisse Nervosität, an dem Säbel herum.

„Lojze pflegt damit seine Champagnerflaschen zu köpfen“, sagte Bogdan, „aber nur, wenn er in Stimmung ist.“

„Wo ist er denn überhaupt, Ihr Herr Bruder?“, fragte ich.

„Offensichtlich auf Expedition durch sein unterirdisches Reich. Aber seien Sie unbesorgt. Seine Expeditionen dauern für gewöhnlich nicht lange. Er wird bald hier sein“, sagte Bogdan. „Und wenn er gut aufgelegt ist, wird er Ihnen seine Geschichte erzählen, und es wird eine Geschichte sein, die Sie der Welt berichten können.“

„Was erforscht Ihr Bruder hier?“, fragte ich.

„Ich will ihm nicht vorgreifen. Aber mein Bruder ist Tontechniker. Und er hat dieses unterirdische Studio eingerichtet, um das Brummen der Erde zu erforschen.“

„Das Brummen der ...?“

„Sie haben schon richtig gehört: das Brummen der Erde.“

„Sie meinen das Echo des tropfenden Wassers?“

„Ich meine etwas völlig anderes. Tropfen kommen von oben, aber was mein Bruder erforscht, das steigt aus der Tiefe auf.“

Es dauerte eine ganze Weile, bis die Schritte, die in dem hinter, vor oder unter uns liegenden Höhlenlabyrinth schon von weitem hörbar waren, näher und näher kamen.

Lojze Skoc sah seinem Bruder zum Verwechseln ähnlich, aber dennoch völlig anders aus. Die beiden waren gleich groß, ihre Gesichtszüge waren nahezu identisch, nur dass aus den Schläfen von Lojzes Halbglatze ein fülliges Haarflies spross und bis zu den Schultern hinabfiel. Außerdem hatte all das Adrette, das Bogdans Äußeres bestimmte, in Lojze ein geradezu anarchisches Äquivalent. Zu sagen, er wäre schmutzig oder verkommen, stimmte freilich nicht. Lojze Skoc sah vielmehr aus, als wäre er kein Wesen dieser Erde. Er machte den Eindruck, als hätte er sich schon seit Jahren nicht aus seiner Karsthöhle hinausbewegt, dennoch wirkte er nicht wie ein Troglodyt, eher schon wie ein Troll.

Ein freundlicher Troll allerdings. Lojze Skoc schritt wohlwollend lächelnd auf mich zu, als er, rundum mit Messgeräten und akustischen Detektoren behängt, durch eine geöffnete Eisentür in einer dunklen Ecke der Grotte kam.

„Herr Doktor Carozzi ist an deinen Forschungen außerordentlich interessiert“, sagte Bogdan vorsichtig.

Lojze schreckte, sichtlich verärgert, zurück und erwiderte: „Ich habe dir doch gesagt, du sollst nie wieder einen Journalisten zu mir herunterbringen. Sie verderben alles, sie ignorieren die Erkenntnisse meiner Forschungen, sie sind mir ein Gräuel.“

„Keine Bange, Lojze“, entgegnete Bogdan wie der Wolf, der Kreide gefressen hatte. „Doktor Carozzi ist kein Journalist, er ist Archäologe.“

„Das ändert die Sachlage ein wenig, wenngleich nicht bedeutend“, meinte Lojze Skoc. „Ich hatte gehofft, du hättest mir einen Akustiker mitgebracht, oder wenigstens einen Geologen. Aber meinetwegen, auch ein Archäologe ist mir recht. Jeder ist mir recht, der ein Gefühl für die Untiefen – und vor allem für die Tiefe – dieser Welt hat.“

„Ich habe Doktor Carozzi erzählt, dass du hier das Brummen des Karsts erforschst.“

„Das Brummen der Erde“, wiederholte Lojze Skoc. „Und was hast du deinem Freund erzählt, dass ich herausgefunden habe? Dass ich hier keineswegs nur Töne, sondern das Unsichtbare erforsche, den Anteil an der Schöpfung, der sich dem Menschen normalerweise nicht erschließt?“

Ich versuchte die gespannte Stimmung zwischen den beiden Brüdern ein wenig aufzulockern und fragte: „Bevor Sie beide mir etwas über das Brummen der Erde erzählen, darf ich Ihnen die simple Frage stellen, ob sie Zwillingsbrüder sind?“

„Eineiig, aber völlig disparat“, erwiderte Lojze.

„Sie sind ein guter Beobachter“, fügte Bogdan hinzu.

„Wir haben unterschiedliche Talente“, sagte Lojze. „Mein Bruder beschäftigt sich mehr mit dem Schweiß und dem Blut der Pferde, ich hingegen mit ihrem Wiehern.“

„Das trifft sich vielleicht gar nicht so schlecht“, sagte ich erfreut. „Ich bin nämlich wegen des römischen Karstpferds in diese abgelegene Region gekommen.“

Lojze Skoc dachte nach, und er wirkte dabei ziemlich irritiert.

„Das römische Karstpferd?“, erwiderte er nach einer Weile. „Das werden Sie hier nicht finden. Was Sie hier aber finden, ist beträchtlich älter als das Pferd, von dem uns Vergil berichtet hat.“

„Sie wissen davon?“

„Wie sollte ich davon nichts wissen? In dieser kargen Gegend gibt es nicht viel, das wissenswert wäre, auch wenn dieses Wenige vielleicht wissenswerter ist als das meiste andere auf der Welt. Ist Ihnen beispielsweise bewusst, Herr Doktor Carozzi, dass Vergils später Nachfolger, Dante Alighieri, hier, ziemlich genau an dem Ort, wo wir uns befinden, oder zumindest nicht weit von hier, den Eingang zur Hölle vermutet hatte? Jener Hölle, die er so detailgetreu beschrieben hatte. Vielleicht haben Sie die Stelle sogar einmal selbst gelesen: „So nahmen wir den Weg durchs Steingerölle; und unter meinen Füßen gab’s oft nach, da ungewohnt die Last war für die Hölle.“ Dante meinte damit dieselbe rote Erde, die jetzt unter unseren Füßen liegt und die Zwischenräume der weißen Klüfte füllt. Genau wie die Intervalle, die zwischen den Tönen liegen.“

„Zwischen welchen Tönen?“

„Ich weiß nicht, ob mein Bruder Ihnen gesagt hat, dass ich von Beruf Toningenieur bin, auch wenn es auf den ersten Blick vielleicht scheinen mag, ich sei Geologe. Aber mein Interesse gilt keineswegs den Gesteinsformen hier unten. Es gilt ausschließlich den Tönen, die dazwischen schwingen. Oder, um es genauer zu definieren: diesem allgegenwärtigen Brummen, das aus der Tiefe des Höhlensystems, an dessen Pforte wir stehen, heraufschwingt."

„Ich höre ehrlich gesagt nur den Widerhall von Tropfgeräuschen, ich würde das nicht als Brummen bezeichnen", widersprach ich.

„Da haben Sie völlig Recht. Noch kein menschliches Ohr hat dieses Brummen jemals vernommen. Und dennoch ist es da, allgegenwärtig und nachweisbar. Das Brummen, von dem ich rede, liegt etwa ein Dutzend Oktaven unter dem tiefsten Ton, den das menschliche Gehör wahrnehmen kann. Ein Generalbass in einer Symphonie von Schostakowitsch ist eine Koloraturarie dagegen."

„Und wie konnten Sie dieses Brummen dennoch orten?"

Lojze Skoc schob einen seiner Stahlkoffer nach vorne, öffnete ihn und brachte eine Maschine zum Vorschein, die wie ein vorsintflutlicher Fernschreiber aussah. Dann drückte er einen Schalter, ein rotes Lämpchen erglühte, und eine Papierwalze, auf der ein Linienschreiber sogleich in wilde Zuckungen verfiel, setzte sich ratternd in Bewegung.

„Es tut mir leid, aber diese Maschine habe ich nicht erfunden, das wäre zu viel der Ehre", fuhr Lojze Skoc fort.

„Sie sieht aus wie ein ganz gewöhnlicher Seismograph", erwiderte ich etwas enttäuscht.

Lojze nickte bedeutsam.

„Es mag vielleicht so aussehen, aber dieser Apparat ist kein Seismograph. Ein Seismograph misst, wie Ihnen vermutlich bekannt ist, Bodenerschütterungen und seismische Wellen. Was Sie hier vor sich sehen, ist ein Phonograph, der Schallwellen misst. Kein besonders modernes oder gar wundersames Gerät, zugegeben. Aber Ende der 70er Jahre ist es einem meiner Kollegen mit Hilfe dieser einfachen Apparatur gelungen, ein bislang wissenschaftlich nicht erfasstes Brummen in der Erde zwar nicht hörbar, aber graphisch sichtbar zu machen. Seither beobachten einige Kollegen – einer in der Ukraine, einer in Japan, einer in Alaska und noch ein paar andere – die Entwicklung dieses auf der ganzen Welt, wenngleich in unterschiedlicher Stärke, registrierbaren Brummens. Die graphische Darstellung dieses Phänomens erinnert bei näherer Betrachtung übrigens an eine äußerst komplexe Partitur für ein Konzert, dessen Orchestergraben tief, ja sogar sehr tief unter der Erde liegt."

„Und haben Sie auch schon erforscht, was zu diesem Brummen führt?", fragte ich, während ich Bogdans Bruder allmählich für einen verschrobenen kleinen Wichtigtuer zu halten begann und keineswegs für einen seriösen Naturforscher. Allein die seltsamen Apparaturen, die überall herumstanden, waren dafür viel zu vorsintflutlich.

„Kein Mensch auf dieser Erde weiß zurzeit noch, worin der Ursprung dieses Brummens liegt und was es für den weiteren Verlauf der Erdgeschichte möglicherweise zu bedeuten hat. Zunächst waren wir davon überzeugt, dass das Brummen der Erde lediglich eine akustische Entsprechung und somit eine natürliche Folge der zuerst schon erwähnten seismischen Wellen sei. Doch dann mussten wir feststellen, dass es sich dabei keineswegs um bloßen Nachhall handeln kann."

„Und wie haben Sie das festgestellt?"

„Wir bemerkten, dass die Erde auch in jenen gar nicht so seltenen Momenten brummt, in denen zwischen Nord- und Südpol keine einzige noch so kleine Erdbewegung angezeigt wird und der gesamte Globus in völliger Ruhestellung verharrt. Dennoch arbeitet die Erde weiter an der Erzeugung dieses niemals innehaltenden Brummtons, und sie wendet dafür ungefähr gleich viel Energie auf, wie sie bräuchte, um ein Erdbeben der Stärke sechs auf der Richterskala zu erzeugen. Glauben Sie mir: Die unteren Schichten der Erde sind von Schallwellen durchzogen wie ein gut marmoriertes Steak von Fettadern."

„Es gibt wohl auch eine Erklärung dafür?"

„Es gibt Theorien. Zum Beispiel jene, dass das Brummen der Erde nichts anderes ist als die zweite, also die Bassstimme zum Sopran der brausenden Winde über der Erdoberfläche. Und Wind gibt es im Gegensatz zu tektonischen Bewegungen immer. Womit die Ober- und die Untertöne in unserer kosmischen Partitur feststünden. Was noch fehlt, ist die Mittellage. Diese wäre dementsprechend das Wasser der Ozeane, Flüsse und Seen. Das Wasser – so vermutet zumindest mein ukrainischer Kollege – könnte jenes Zwischenmedium sein, auf welches aus der Atmosphäre einerseits und aus den tektonischen Tiefen andererseits jener zweifache Druck ausgeübt wird, der zu unserem Brummen führt. Er hofft übrigens, mit dieser Erklärung große klimatische Veränderungen mit ähnlicher Treffsicherheit voraussagen zu können wie Kassandra den Trojanischen Krieg. Den wissenschaftlichen Nachweis dafür ist uns der werte Kollege allerdings bis heute schuldig geblieben."

„Und Sie selbst, haben Sie auch eine eigene Theorie?"

„Ich hoffe sogar, dass ich mehr habe als nur eine Theorie", sagte Lojze, während seine tief liegenden Pupillen sich einen Moment lang erstaunlich weit aus ihren Augenhöhlen vorwagten.

„Machen Sie es nicht so spannend. Was ist der Kern Ihrer Erkenntnisse?"

Lojze lächelte verschmitzt.

„Der Kern ist der Karst selbst, in dessen Mitte wir uns hier befinden und der seine Entstehung der Tatsache verdankt, dass die flüssigen und die festen Schichten hier wie kaum anderswo auf diesem Planeten einem unmittelbaren Aufeinanderprallen ausgesetzt sind. Wie Sie wissen, ist der Ozean nicht weit von hier entfernt. Wie die eisige Bora oder der ungezähmte Maestral – das sind Winde, die sich in unserem Konzert als hervorragende Stimmführer der Bläsergruppe eignen."

„Sie sehen das Phänomen also eher musikalisch als naturwissenschaftlich. Ist das Ihr Beitrag?"

„Auch die Musik ist eine Naturwissenschaft, lieber Freund, ganz im Gegensatz zur Archäologie, wenn ich mir erlauben darf, das zu bemerken. Aber Sie haben nicht ganz Unrecht, wenn Sie meinen kleinen Beitrag zur Erforschung des Brummens der Erde knapp an der Grenze zwischen Diesseits und Jenseits ansiedeln, was viele Musikfreunde ja auch tun. Je intensiver ich mich mit dem Phänomen des Brummens beschäftigte, desto mehr wuchs in mir nämlich die Überzeugung, dass wir es hier mit keinem physiologischen, sondern vielmehr mit einem metaphysischen Phänomen zu tun haben."

„Wie kommen Sie darauf?"

„Sie werden lachen. Dante hat mich darauf gebracht. Lange Zeit hielt ich es für eine Legende wie viele andere, dass der Dichter vom Tolmeiner Höhlensystem zu seinem metaphorischen Höllentor gefunden haben soll. Doch eines Tages fragte ich mich: Was wäre, wenn Dante, als ihn sein damaliger Gastgeber, der Patriarch Pagano della Torre, erstmals durch das kilometerlange Höhlengeflecht unterhalb der Ortschaft Zadlac führte, nicht nur, wie angenommen, seiner zugegebenermaßen recht blühenden Phantasie freien Lauf gelassen hätte, sondern tatsächlich den

Eingang zur Hölle gefunden hatte, oder zumindest etwas, das er dafür hielt? Und falls ja – welche Entdeckung hatte er damals gemacht und was könnte sie mit unseren Messungen zu tun haben?“

Ich dachte kurz daran, was wohl passieren würde, wenn ich Valerias Freundin Graziella als Quintessenz meiner so großzügig bevorschussten Recherchen über das Karstpferd diese verstiegene Teufelsgeschichte erzählen würde. Lojze schien allmählich zu merken, dass ich dem Wahrheitsgehalt seiner Ausführungen zutiefst misstraute. Doch er erzählte unverdrossen weiter.

„Ich erstellte also die Arbeitshypothese“, fuhr Lojze fort, „dass Dante an irgendeinem mir unbekannten Punkt dieser Höhle tatsächlich etwas gefunden haben könnte, das ihn davon überzeugte, von hier aus in noch tiefere Erdschichten und damit geradewegs in die Hölle vordringen zu können. Ähnlich wie Schliemann seinen Homer – aber was erzähle ich das einem Archäologen? – nahm ich Dante beim Wort und vermaß penibel das gesamte Höhlensystem. Ich fotografierte jeden Quadratzentimeter, untersuchte mit befreundeten Geologen alle Gesteinsschichten, klopfte sie auf ihren Klang ab und erstellte ein Hologramm, sodass das gesamte Höhlensystem wie die Computertomographie eines menschlichen Körpers vor mir lag. Und dennoch: Nirgendwo stieß ich auch nur auf den winzigsten Hohlraum, keine noch so kleine Ritze, durch die sich jemand oder etwas hätte hindurchzwingen können. Kurzum: Ich war am Ende meiner technischen Möglichkeiten angelangt, wollte aber meine These dennoch nicht verwerfen. Es blieb mir also gar nichts anderes übrig, als über neue Verfahren nachzudenken.“

„Und die fanden Sie dann auch bei Dante, oder etwa in der Bibel?“

„Hören Sie mir nur weiter zu, lieber Freund. Bald werden Sie solche Scherze nicht mehr machen. Aber natürlich zog ich nicht die Bibel zu Rate, sondern nutzte mein gesamtes Wissen als Tontechniker, um eine neue Maschine zu entwickeln, die unzugängliche Brummtöne durch ein einfaches akustisches Verfahren um zwölf Oktaven höher stimmen und somit auch für das menschliche Ohr hörbar machen sollte. Tatsächlich gelang es mir in zweijähriger Arbeit, einen solchen Dekoder zu bauen. Und ein weiteres Jahr durchstreifte ich mit diesem Gerät Schritt für Schritt meine Höhle. Ich folgte dem Brummen jedoch nicht seiner Tiefe, sondern seiner Dezibelstärke entsprechend, was sich zu meiner großen Überraschung in unterschiedlichen Teilen der Höhle recht differenziert anhörte. Es gab lautere und leisere Abschnitte, die ich unter Verwendung meiner jüngsten Erkenntnisse abermals genau kartographierte. Aber dennoch wollte und wollte es mir nicht gelingen, Dantes Geheimnis, so es ein solches denn tatsächlich gab, zu ergründen."

„Aber mittlerweile haben Sie es gefunden?"

„Ich fürchte ja."

„Und worin liegt dieses Geheimnis?"

„Irgendwann bemerkte ich, dass sich die Töne, während ich immer tiefer in den Höhlengrund hinabstieg, verwandelten. Verstehen Sie, was ich meine? Sie machten eine Metamorphose durch."

„Ist das nicht das Wesen jeder Musik?"

„Ich wusste, dass Sie es nicht verstehen würden."

„Was könnte ich tun, um es zu verstehen?"

„Ich fürchte, Sie müssten sich dem Brummen selbst aussetzen. Aber ich warne Sie. Es ist nicht ungefährlich. Ich jedenfalls würde es meinem schlimmsten Feind nicht wünschen, das Brummen der Erde in all seiner Authentizität zu erleben. Aber wenn Sie darüber schreiben wollen ..."

„Machen Sie sich keine Sorgen, Herr Skoc. Als Archäologe bin ich einiges gewohnt. Nachdem ich in einem mexikanischen Mayatempel einmal eine Woche lang verschüttet lag und erst kurz vor dem Hungertod gerettet wurde, schreckt mich nicht mehr viel.“

„Ich hoffte, dass Sie das sagen würden. Sie wollen es also versuchen und die Wahrheit über Dantes Höhle ohne journalistische Spekulation, sondern allein im Interesse der Sache in die Welt hinaustragen?“

„Ich erwarte nur Ihre Anweisungen“, sagte ich in einem jener Anfälle von Zivilcourage, die mir im Laufe meiner zweifelhaften archäologischen Karriere schon im Heimatmuseum von Schattenbach und vor allem auch auf der verwunschenen Insel Balaor zum Verhängnis geworden waren.

„Die Vorgangsweise ist ziemlich simpel“, sagte Lojze Skoc. „Sie nehmen meinen Dekoder – man kann ihn sich wie einen Rucksack umhängen – und Sie folgen ihm stets in jene Richtung, in welcher der Ton stärker und eindringlicher wird. Sie brauchen darauf übrigens gar nicht besonders zu achten, denn das Brummen wird Sie wie von selbst vorantreiben. Falls seine Eindringlichkeit nachlassen sollte, so ändern Sie einfach Ihre Zielrichtung, und Sie werden sehen, es wird nicht allzu lange dauern, bis Sie durch eigenes Erfahren genau wissen, wovon ich bislang nur gesprochen habe.“

Lojze hob aus den zahlreichen Gerätschaften, die er auf seinem dicken Eichentisch stehen hatte, einen Aluminiumkoffer mit zwei daran montierten silbergrauen Rucksackträgern hervor, schnallte ihn mir über die Schultern und machte ihn scharf, indem er einmal mehr einen Schalter umlegte.

„Wenn Sie zuerst sagten, die Mission sei gefährlich“, fragte ich vorsichtig, „so meinten Sie doch nicht etwa lebensgefährlich?“

„Sie werden lebendig zurückkommen, wenn Sie das meinen", erwiderte Lojze Skoc trocken. „Die Batterie hält zwei Stunden. Bis dahin sollten Sie gefunden haben, wonach Sie suchen."

„Ich kann mich im Höhlenlabyrinth also nicht verirren?"

Mein anfänglicher Wagemut machte mir allmählich Angst.

„Keine Sorge. Sie werden zurückfinden, es sei denn ... Aber die Höhle ist längst nicht so groß, wie sie scheint. Ich werde hier auf Sie warten. Außerdem können Sie mich, wenn Sie wirklich den Weg verlieren sollten, ja anfunken." Er drückte mir ein altes Polizeifunkgerät in die Hand, das offensichtlich noch aus der Ära Titos stammte, aber ein Handy hätte in dieser Tiefe ja wohl kaum funktioniert.

Während ich über dieses Auseinanderklaffen von Ursache und Wirkung nachdachte, begann die Maschine auf meinem Rücken langsam warmzulaufen. Sie brummte, und ich hörte das Brummen zunächst weniger, als ich es spürte. Meine Wirbelsäule, meine Schultern, mein Steiß – alles begann zu vibrieren unter den Frequenzen, die mein Adapter, zunehmend lauter und intensiver werdend, absonderte.

Ich hatte den Eindruck, Lojze Skoc wollte mir noch etwas sagen, doch das Brummen ließ seine Stimme, während ich zu meiner Wanderung in die Tiefen der drei Felsendome ansetzte, nahezu ersterben.

Lojze hatte Recht gehabt. Ich brauchte der Intensität des Brummens gar nicht zu folgen, sondern sein Dröhnen trieb mich wie von selbst voran, beschleunigte meinen Schritt, brachte mich zuweilen ins Torkeln und ließ mich an anderer Stelle auch wieder innehalten. Das zunächst recht eindimensionale und eher auf den Unterleib als auf den Kopf einwirkende Brummen spaltete sich allmählich in höchst differenzierte Töne auf, es wurde zunehmend plastischer und polyphoner, ja es verbreitete sich wie Bachs Kunst der Fuge in kontrapunktische Läufe und Gegenläufe, um dann umso harmonischer wieder zusammenzufinden, je tiefer ich in die Grotte vordrang. Sobald ich jedoch den Eindruck hatte, dass diese Einheit in der Vielfalt wieder in ihre ursprüngliche Einfalt, ja in schiere Monotonie zurückzufallen drohte, änderte ich meine Marschrichtung, und gleich darauf entwickelte sich ein umso dichterer Klangteppich, auf dem ich über dem schroffen und unwegsamen rot-weißen Karstgestein zu schweben glaubte.

Je tiefer ich in das Höhlenlabyrinth hinabstieg, desto mehr Akkorde schienen sich, gefühlt oder gehört, über mir aufzutürmen, und wie Lojze mir prophezeit hatte, wurde das Brummen dabei nicht lauter, sondern nahm lediglich an Eindringlichkeit und Unmittelbarkeit zu. Und was das besonders Seltsame daran war: Mit zunehmender Intensität des Tons sank dessen Lautstärke allmählich ab. Während ich den Fluss der Töne anfangs noch nach einem gewissen, wenn auch nicht schlagbaren Takt zu strukturieren verstand, so entglitten die Töne, indem ich weiter und weiter hinabstieg, zunehmend der zeitlichen Einordnung, und ich hatte das Gefühl, auf einem beständigen Rauschen dahinzugleiten, das von meinem Bewusstsein Besitz ergriff.

Bald schon wusste ich nicht mehr, ob ich fünf Minuten, eine Stunde, einen Tag oder eine Nacht lang unterwegs war, ich dachte nicht mehr an die Lebensdauer der Batterie, sondern nur noch an das Fortschreiten des Klangflusses. Doch allmählich konnte ich mich bei aller harmonischen Prachtentfaltung des unangenehmen Gefühls nicht erwehren, dass ich mich in einem akustischen Spinnennetz verfangen hatte, dessen einzelne Fäden ich kaum noch wahrnahm.

Und dann passierte etwas, das meinen Körper und meine Seele bis in die innerste Faser meiner Existenz erschütterte: Der aus Dutzenden von Akkorden errichtete Turm implodierte. Er fiel von einer Sekunde auf die andere in sich zusammen, und alles, was zuvor getönt hatte, begann plötzlich zu stinken.

Kaum hatte sich der Fächer der Partitur, die mich bislang durch das Grottengeflecht getragen hatte, in seine einzelnen Bestandteile aufgelöst, begann er sich, Ton um Ton, von akustischer in olfaktorische Wahrnehmung umzusetzen. Statt des Hörsinns war, wie mir schwitzend, zitternd und schaudernd bewusst wurde, nunmehr der Geruchssinn gefordert, und während der letzte, größte und schönste Akkord in meiner sensuellen Wahrnehmung allmählich verklang, nistete sich – gleichsam als tönender Glorienschein der Verwesung – ein Vielklang von übelriechendem Dunst in meinen Nasenschleimhäuten ein. Was zuvor ein Es, ein Fis, eine Terz, ein Dreiklang oder ein Dominantseptakkord gewesen sein mochte, entwickelte sich nunmehr zu einem schaurigen Miasma aus Erbrochenem, Katersperma, Pferdepisse, Fischmüll, Hundekot, Asafoetida, Hirschbrunft, Aas, Sickergrube und Schwefel.

Ich drückte, um den Gestank einigermaßen ertragen zu können, meine beiden Nasenflügel mit Daumen und Zeigefinger zusammen und presste die Lippen fest aufeinander. Die dadurch zwangsläufig herbeigeführte Atemnot brachte mich ins Wanken. Ich hörte gerade noch ein lautstarkes „Plopp“, als würde Lojze Skoc ein paar Stockwerke weiter oben eine seiner Champagnerflaschen mit dem Säbel aus der grünen Glasblase köpfen. Dann stockte mir der Atem, und ich fiel in eine tiefe Ohnmacht.

Als ich wieder aufwachte, lag ich in einem Hinterzimmer der Gostilna Skoc zwischen Weiß- und Grüntönen auf einer Pritsche. Bogdan saß neben mir. Ich hatte das

Gefühl, nicht mehr sprechen, sondern nur noch röcheln zu können.

„Sie haben zwei Tage wie ein Toter geschlafen", sagte er, und ich fühlte mich von einer Wolke der Fürsorge und des Wohlbehagens getragen. „Sie müssen hungrig sein. Ich habe Ihnen ein Fohlengulasch gemacht. Es wird Sie stärken und wieder aufrichten."

Tatsächlich verspürte ich jedoch nicht den geringsten Anflug eines Hungergefühls. Um Bogdan als Dank für seine Zuwendung eine kleine Freude zu machen, erhob ich mich dennoch von meinem Lager und kostete aus der Schüssel, die er mir reichte.

Doch ich konnte Bogdans Fohlengulasch, um der Wahrheit die Ehre zu geben, nicht riechen.

Der Galgen am Grünen See

Ich liebe Seen, und je kleiner sie sind, desto größer ist meine Liebe zu ihnen. Gewiss kann ich mich auch an großen Seen wie dem Baikalsee oder dem Balaton erfreuen. Auch dem Ohridsee, dem Gardasee, dem Millstätter See und dem Traunsee gehört meine Liebe. En detail beginnt meine Seenliebe jedoch stets dort, wo sich ein stilles Gewässer in zwei, maximal drei Stunden bequem umrunden lässt. Ich denke da etwa an den Bleder oder den Zirknitzer See, den Hámorsee bei Lillafüred oder den Toplitzsee.

Diese zu Miniaturen neigende Seenliebe führte mich auch an den Grünen See. Ich arbeitete für eine archäologische Fachzeitschrift gerade an einem längeren Aufsatz über altrömische Münzfunde aus Poedicum, dem heutigen Bruck an der Mur, als mir ein befreundeter Kustos von der Existenz eines wundersamen kleinen Schmelzwassersees erzählte, der unmittelbar am Fuße des Hochschwabmassivs nahe Tragöß liege und der sowohl seine Form als auch die Farbe seiner durchsichtig-kristallklaren Wasser durch die jeweilige Brechung des Lichts stetig verändere und in allen Schattierungen des grünen Farbspektrums oszilliere.

Da ich für meine Studien in Bruck mehr Zeit veranschlagt hatte, als ich tatsächlich benötigte, beschloss ich, mit meiner Frau Valeria einen Tagesausflug in das nur dreißig Kilometer entfernte Hochtal der Laming zu machen und den Grünen See zu umrunden.

Der Seewanderweg beginnt unweit von Tragöß-Oberort und führt zunächst an einem so genannten Pfarrerteich mit vielen quakenden Fröschen vorbei. In unmittelbarer Nähe quert er über ein hölzernes Brücklein den Kreuzteich, der von einer Reihe von Baumorakeln gesäumt wird, die vom örtlichen Verschönerungsverein wohl eher aus touristischen Gründen angelegt wurden. Wesentlich geheimnisvoller und auch schöner schien mir indessen die steinerne Lichtsäule am Ufer des Teichs zu sein, aus deren gemeißeltem Kopfstück ein Baum herauswuchs, der im moosbewachsenen Granit des Säulenkapitells zu wurzeln schien.

Schon am Kreuz- und am Pfarrerteich fiel mir eine seltsame optische Erscheinung auf, die sich am Grünen See dann noch weiter verdichten sollte. Inmitten der smaragd- oder je nach Sonneneinstrahlung und Untergrund auch reseda-, farn- oder jadegrün schimmernden Wasser bildeten sich immer wieder helle, ja nahezu weiße Flecken. Diese waren keineswegs, was auf einen seichten, sandigen Grund hätte schließen lassen, feststehend, sondern sie flottierten in den Gewässern herum. Stets bewegten sie sich zu einer imaginären Mitte hin, die allerdings nicht der rechnerischen Mitte des jeweiligen Teichs und schon gar nicht jener des Grünen Sees entsprach, der in seiner dreiteiligen, zitzenartigen Form auch gar keine erkennbare geometrische Mitte haben konnte. Einen Augenblick streifte mich der Gedanke, dass diese Mitte gar nicht die Mitte des Gewässers, sondern eine ganz individuelle, um nicht zu sagen: meine ganz persönliche Mitte war.

Während Valeria und ich den See also umrundeten, was keine große Wanderung, sondern eher ein kurzer, aber hoch ergiebiger Spaziergang war, schienen sich diese weißen Flecken stets an jenen stillen Buchten, Stränden und Uferböschungen zu konzentrieren, an denen wir beide gerade unterwegs waren.

Als die weißen Flecken uns, wohin wir auch gingen, beständig folgten, begann ich sie zu zählen. Das war nicht immer ganz leicht, da die Flecken, stetig in Bewegung, manchmal aufeinander zustrebten, dann wieder auseinanderstoben, als würden sie eine gegenseitige Berührung fürchten.

Mindestens zählte ich immer sechs, manchmal auch wieder acht oder neun, höchstens jedoch elf oder zwölf dieser seltsamen, wie blinde Spiegel auf dem Wasser treibenden Flecken in meinem Gefolge. Sie glichen den silbrig glänzenden Rücken von Delfinen oder Buckelwalen, die ich während meiner Reisen an so manchem Meeresgestade erblickt hatte, waren jedoch von bedeutend geringerer Dimension. Allein, diese Rücken erhoben sich nicht wie jene Meeresfische reliefartig, sondern flächig aus ihrem feuchten Grund. Dennoch machten sie auf mich durch ihre Lebendigkeit und Beweglichkeit nicht den Eindruck einer zwei-, sondern einer dreidimensionalen Erscheinung.

Ich fragte Valeria, ob sie meine Eindrücke von der uns folgenden Lichterflotte teilte, doch sie murmelte nur etwas von Luftspiegelungen, wie es sie in einsamen Bergseen, zumal in den Kalkalpen aufgrund des knochenblanken Gesteins am Grund immer wieder gebe.

Nach etwa einer Stunde Gehzeit legten Valeria und ich eine kurze Rast auf einer schon ziemlich morschen und stark bemoosten Ruhebank ein. Es mochte gerade Mittag sein, die Sonne stand jedenfalls deutlich im Zenit, als ich bemerkte, wie sich die Silberstreifen tatsächlich zu Buckeln verkrümmten und über die Wasserfläche hinweg ausbuchteten. Die Buckel krümmten sich zunehmend steiler, und einer nach dem anderen begann sich deutlich über den Wasserspiegel zu erheben und, zu zeppelinartigen Formen verfließend, über die vom sanften Mittagswind bewegten Wellen des Grünen Sees aufzusteigen.

„Siehst du das auch?“, fragte ich Valeria.

„Was siehst du?“

„Mir ist, als sähe ich langsam aufsteigende Fische.“

Valeria lachte.

„Unsinn“, erwiderte sie, „was du siehst, sind nur Nebelfetzen, die sich aufgrund der hohen Luftfeuchtigkeit über dem Wasser bilden. Kein Wunder, es ist ja auch ziemlich feucht und schwül heute. Fast wie in den Tropen. Sie nennen diese Gegend ja auch die steirische Karibik.“

Valerias Wahrnehmungsvermögen musste durch diese tropische Feuchtigkeit schon einigermaßen getrübt sein, dachte ich. Denn ich sah von Minute zu Minute klarer, dass die aufsteigenden Gebilde alles andere als ungefähre Schemen oder Nebelfetzen, sondern viel mehr ganz klar konturierte Fische waren. Alte, große Fische, wie mir schien, mit matten Augen und traurigen Mündern. Wie Bewohner aus einer längst vergangenen Wasserwelt waren sie aus den tiefsten Tiefen des Sees aufgestiegen. Ihre Köpfe und Schwanzflossen erinnerten an Echsen oder Schildkröten. Kein derartiges Tier war, zumindest zu meinen Lebzeiten, jemals in einem Alpensee beobachtet oder gar gefangen worden. So viel war klar.

Doch mit den seltsamen Köpfen und Schwänzen dieser Fische war ihrer Besonderheit noch keineswegs genug: Je näher und klarer ich diese Tiere sah – sie waren mittlerweile fast einen halben Meter über das smaragdgrüne Seeauge im Kalkgebirge emporgestiegen –, desto deutlicher erkannte ich, dass sie anstatt von Rückenflossen menschliche Hände mit dicken, unförmigen und tief zerfurchten Fingern hatten.

„Ich gehe jetzt voraus zum Seehof, um etwas zu essen“, sagte Valeria, die es offenbar satt hatte, mich so versonnen wie versponnen am Uferrand verharren zu sehen. „Ich habe Hunger, und es hat schon, als wir loszogen, aus der Küche so verführerisch nach Topfenstrudel geduftet.“

Ich hörte ihre Stimme, als wäre sie weit entfernt. „Siehst du denn nicht, dass da gerade uralte Fische aus dem See aufsteigen?“, fragte ich etwas abwesend.

„Du kannst ja nachkommen“, erwiderte Valeria kopfschüttelnd. „Irgendwann werden die Fische ja wieder baden gehen.“

„Es sind zwölf. Wie die zwölf Apostel“, sagte ich, nachdem ich sie wieder einmal gezählt hatte.

„Ist schon gut“, erwiderte Valeria, und bald danach war sie auch schon hinter der nächsten Uferböschung verschwunden.

Meine zwölf Fischapostel, deren Köpfe mir mit zunehmender Beobachtung immer menschenähnlicher erschienen, schwebten nunmehr schon über dem Wasserspiegel. Die unbarmherzigen Strahlen der Mittagssonne prasselten auf meine Uferbank herab, und es war keine Frage, dass meine zwölf Fische eben dieser Sonne entgegenstrebten.

Allmählich verlor ich während meiner Beobachtungen das Gefühl für Raum und Zeit. Ich nahm nur noch wahr, wie die Fische von Minute zu Minute höher aufstiegen und schon bald die Baumwipfel hinter sich gelassen hatten, während sie immer weiter wolkenwärts zogen.

Doch es waren auch diese Wolken, die die Sonne allmählich verdüsterten und zuletzt zum Abdanken zwangen. Sobald deren letztes verborgenes Leuchten hinter einer schwarzgrauen Wolkenwand verloschen war, begannen meine Fische allmählich wieder abzusteigen, und zwar im selben allmählichen Tempo, in dem sie sich zuvor himmelwärts erhoben hatten. Und als sie das Wasser berührten, wurden sie auch schon wieder zu jenen milchig weißen Flecken inmitten tiefen Grüns, geronnen also zu jener Form, in der sie begonnen hatten.

Es war mir in keiner Weise bewusst, wie viel Zeit inzwischen verstrichen war. Waren fünf Minuten oder fünf Stunden vergangen? Wie auch immer: Valeria hatte ihren Topfenstrudel wohl längst verzehrt und war mittlerweile vermutlich schon beim dritten oder vierten Cappuccino angelangt. Valeria liebte Cappuccino.

Mit schnellen Schritten eilte ich den Uferweg entlang, bis ich an eine Weggabelung kam. Wider jede Vernunft und ohne an die im Seehof wartende Valeria zu denken, entschied ich mich dafür, nicht den geraden, vorhersehbaren Weg zu unserem Ausgangspunkt einzuschlagen, sondern jenen verschlungenen, düsteren, der ins Innere des Bergwaldes führte.

Der Pfad war unwegsam und führte in ein zunehmend wilder und holpriger werdendes Dickicht. Ich dachte schon daran, zum Seeweg zurückzukehren, als ich mich plötzlich auf einer von drei hohen Steinsäulen begrenzten Lichtung wiederfand.

Trotz der Wildheit der Gegend hatte der Verschönerungsverein von Tragöß auch in dieser Einschicht seine Spuren in Form einer Holztafel hinterlassen, auf der in Brandmalerei folgende Inschrift geschrieben stand:

Der Galgen vom Schattenberg wurde unter Johanna Gräfin Kollonitsch, der 34. Äbtissin von Göß im Jahre 1650 um 1600 Gulden und 12 Dukaten errichtet. Eine Richtstätte befand sich an dieser Stelle jedoch schon im Jahre 1493, als hier die Ermordung des damaligen Pfarrherrn von Tragöß, Melchior Lang, durch die Enthauptung von zwölf Ortsbewohnern gesühnt wurde.

Während ich das las, erschien hinter den drei Galgensäulen aus dem Nadelwald ein Mann. Sein knorriges Antlitz sah unter dem grünen Lodenhut wie eine Wurzelknolle aus. Er trug einen schon etwas zerschlissenen Trachtenanzug.

Die Wurzelknolle trat aus dem Wald und ging auf mich zu.

„Der Herr interessieren sich für alte Rechtsdenkmäler?“, fragte er.

„Rechtsdenkmäler? Nun ja, ich bin Archäologe.“

„Und wo ist Ihre Schaufel?“

„Nein, ich bin hier nicht in beruflicher Mission unterwegs. Im Grunde wollte ich mich nur am smaragdgrünen Blitzen Ihres wunderschönen Sees erfreuen. Doch nun bin ich ein wenig vom Wege abgekommen.“

„Und mit Ihrer archäologischen Spürnase sind Sie gleich vor dem Galgen von Pichl zu stehen gekommen, einem der seltsamsten Gebilde in dieser Gegend.“

„Seltsam ist genau das richtige Wort“, erwiderte ich. „Es scheint hier von Seltsamkeiten nur so zu wimmeln. Sagen Sie, halten Sie mich für verrückt, wenn ich Ihnen sage, dass ich zuerst, als ich noch entlang des Seeufers gewandert bin, zwölf riesige Fische aus dem See aufsteigen und himmelwärts ziehen sah?“

Die knorrigen Gesichtszüge meines Gegenübers schienen sich noch weiter zu zerfurchen, während er mir tief in die Augen schaute.

„Sie haben also tatsächlich unsere Gottsucher gesehen?“, knurrte der Mann kopfschüttelnd. „Das ist ein Geschenk, das nur selten jemandem widerfährt. Ich bin nun schon seit dreißig Jahren Förster in diesem Bezirk, und selbst ich kenne diese Geschichte nur aus Erzählungen. Die Zeugnis davon abgelegt haben, waren aber stets vertrauenswürdig. Ich nehme an, Sie sind das auch. Denn unsere Gottsucher, sagt man, steigen nur einmal alle zwölf Jahre auf. Und wenn ich mich erinnere, so ist die letzte Erscheinung ziemlich genau so lange her. Der Mann, der von ihr berichtet hat, ist allerdings kurz darauf gestorben. Es war mein Schwiegervater. Sie sehen also, ich halte Sie keineswegs für verrückt.“

„Warum nennen Sie die Fische Gottsucher? Nur weil sie in den Himmel aufsteigen?“

„Ach, das ist eine sehr lange Geschichte. Der Dichter Peter Rosegger hat ihr sogar einen Roman gewidmet, der den Titel ‚Der Gottsucher‘ trägt. Er soll die Fische angeblich auch selbst gesehen haben.“

„Der Waldbauernbub?“

„Er hat noch ganz andere Sachen geschrieben, und keineswegs nur Kindergeschichten, glauben Sie mir. Aber Sie werden schon dahinter kommen, Sie sehen wie einer aus, der gerne tief schürft.“

Mit diesen Worten lüpfte der Förster seinen Lodenhut, tat einen Schritt in den Wald zurück und war mit diesem wieder so verwachsen, dass man ihn nicht mehr von den Bäumen unterscheiden konnte.

Ich rief ihm noch etwas nach, doch der Mann war so unversehens verschwunden, wie er gekommen war.

Ich ging, um mich nicht zu verlaufen, denselben Pfad, den ich gekommen war, zum Grünen See zurück und kam schließlich einigermaßen echauffiert im Seehof an, wo ich meine bereits ziemlich mürrische Valeria vorfand. Es musste einige Zeit seit dem Aufsteigen der Fische in die Mittagssonne vergangen sein. Denn mittlerweile glühten die umliegenden Gebirgsstöcke bereits im Abendrot.

Zurück in Bruck, machte ich mich gleich am nächsten Morgen auf, um in einer Buchhandlung ein Exemplar von Roseggers „Gottsucher“ zu erstehen. Das Buch war vergriffen, und man verwies mich auf ein gut sortiertes Antiquariat in der nahen Hauptstadt Graz.

Dort fand ich tatsächlich ein in grünes Schweinsleder gebundenes Exemplar dieses Romans, der 1886 erschienen war und dessen Titel in Goldprägung vom Buchrücken leuchtete.

Auf dem Vorsatzblatt fand sich in gestochener Kurrentschrift eine mit roter Tinte geschriebene Widmung, die von einem Andreas Valvasor unterzeichnet war.

Der Name kam mir bekannt vor. Er war mir in meiner nunmehr schon etliche Jahre zurückliegenden Zeit als Leiter des altrömischen Lapidariums auf der kroatischen Insel Balaor untergekommen und gehörte einem Renaissancegelehrten, der eine Topographie von Kärnten und Krain verfasst hatte. Durchaus möglich, dass es sich beim Autor dieser Widmung um einen fernen Nachfahren des alten Freiherrn handelte.

Ich las das erste Kapitel, das etwa ein Drittel des Bandes umfasste, in einem Zug durch, und es beantwortete tatsächlich viele, wenngleich keineswegs alle Fragen, die sich mir seit der Erscheinung am Grünen See stellten und mich nicht mehr losließen.

Die Geschichte begann mit einer ausführlichen Beschreibung eines Sonnwendfestes, als die Einwohner von Trawies, das ich unschwer als Tragöß wieder erkannte, den Schwengel der Kirchenglocke siebenmal mit dem Glockenseil umwickelten und den Gottesdienst ausfallen ließen, um auf den Sonnwendmatten hoch oben auf der Alm rund um ein Ahnenfeuer heidnischen Fruchtbarkeitsriten zu huldigen. Der altersmilde Pfarrer drückte dabei, wie vermutlich auch der liebe Gott selbst, beide Augen zu.

Als ein junger Pfarrherr in der Kirche Einzug hielt und den heidnischen Sitten mit Gewalt Einhalt zu gebieten versuchte, unterzeichnete er damit sein eigenes Todesurteil. Die aufständischen Leibeigenen wählten durch das Los einen der ihren aus, der den Pfarrer erschlagen sollte. Die Tat wurde vollbracht, und die Obrigkeit statuierte ein Exempel. Da sich die Gemeinde weigerte, den Täter auszuliefern, wurden vom Gericht elf Männer der Ortschaft durch das Los ermittelt und enthauptet. Der Täter, welcher der Zwölfte im Bunde hätte sein sollen, war nicht unter ihnen.

Als ich an dieser Stelle angelangt war, legte ich das Buch zur Seite, um es am nächsten Tag weiterzulesen. Doch es kam nicht mehr dazu, denn wir brachen unsere Zelte in der Steiermark ab, um nach Wien zu reisen. Ich nahm an, Valeria habe das Buch in einen Koffer gepackt, doch sie schwor, es nicht in die Hand genommen zu haben. Der Band blieb jedenfalls verschwunden, und im Laufe der Zeit habe ich die Geschichte von den zwölf Gottsuchern zwar nicht vergessen, doch im Rückblick neigte ich immer mehr dazu, Valeria Recht zu geben, die von einer Sinnestäuschung durch aufsteigende Nebel gesprochen hatte.

Etliche Jahre später – ich durchsuchte gerade einige Wiener Antiquariate nach einer Beschreibung von Montezumas Federkrone aus dem 17. Jahrhundert – fiel mir in einem der Regale zufällig wieder ein Exemplar von Roseggers „Gottsucher" in die Hände, das wie mein altes in grünes Schweinsleder gebunden war.

Ich schlug das Buch auf und fand zu meiner Überraschung – und nicht ohne ein gewisses Erschauern – die in Kurrent geschriebene Widmung auf dem Vorsatzblatt, deren Wortlaut mir noch in Erinnerung geblieben war:

Was von Gott in dieser Welt blieb, ist nur die Suche nach ihm. Wir sind und bleiben gefallene Engel. Andreas Valvasor.

Die Wiesenarchitektin von Vasszentjakab

Warum Viszna von allen in Vasszentjakab „die Wiesenarchitektin" genannt wurde, weiß keiner, vielleicht nicht einmal sie selbst. Wie eine Architektin sah sie gewiss nicht aus, und die Wiesen, die sie verwaltete, waren das genaue Gegenteil jener geometrischen Gartenanlagen, die man aus den mit der Heckenschere frisierten Schlossparks aus Barock und Renaissance kennt. Visznas Wiesen wurden nur von Ziegen und Schafen gemäht, das Jäten besorgten Perlhühner, Gänse, Wachteln und Enten, die sich am Rande des großen Weihers am Dorfrand tummelten, auf dessen Wasseroberfläche sie so viel Schmutz hinterließen, dass darunter die allerprächtigsten Karpfen gediehen. „Karpfen lieben Gänsemist", erzählte Viszna gerne und verwies dabei auf die Gewohnheit der alten ungarischen Magnaten, ihre Landwirtschaften stets so anzulegen, dass Geflügelzuchten und Karpfenteiche sich in unmittelbarer Nachbarschaft befanden. „Die wenigsten Dinge passieren unabhängig voneinander", fügte Viszna in solchen Fällen gerne hinzu, „sondern alles ist miteinander zwar ohne innere Logik, aber doch auf eine seltsame Weise verschränkt. Man muss die Dinge nur öfters ein bisschen länger anschauen, damit man diese Verschränkungen versteht, und manchmal werden sie sogar sichtbar."

Da sich die Dinge in Vasszentjakab, diesem auf kaum einer Karte eingezeichneten Weiler an der ungarisch-österreichischen Grenze, in dem mehr Frösche quaken als Seelen hausen, langsamer als anderswo veränderten, dauerte die Anschauung hier auch etwas länger, und so mancher, der Vasszentjakab als Beobachtungsposten für den Lauf der Dinge wählte, hat im Laufe dieser Beobachtungen vergessen, was er ursprünglich erkunden wollte. Umgekehrt kam niemand nach Vasszentjakab, um hier Dinge, welcher Art auch immer, zu erforschen, sondern weil Vasszentjakab ein Ort war, der seine Besucher, zumindest für eine Weile, wie auf einem Luftkissen über die pannonische Steppe dahintrug, ohne ihrer Anwesenheit auch nur den geringsten Widerstand entgegenzusetzen.

„Was Sie hier sehen und was Ihnen hier vielleicht widerfährt“, so begrüßte mich die Wiesenarchitektin gleich nach meinem Eintreffen in Vasszentjakab, „hat nichts mit der Ortschaft Vasszentjakab zu tun, sondern nur mit Ihnen selbst.“ Ich muss ehrlich gestehen, dass ich sie wegen dieser etwas platten Formulierung von Anfang an für eine dieser wichtigtuerischen Esoterikerinnen hielt, die an Bach-Blüten, Freundschaftsarmbänder und Chi-Gong-Kugeln, möglicherweise sogar an die Existenz von Ufos und Rasenkreuzen glaubten. Allerdings machten Visznas Augen tatsächlich den Eindruck, als wollten sie, nicht ohne eine gewisse verstörende Zwanghaftigkeit, auf den Grund von etwas sehen, das in Wahrheit nicht existierte, zumindest nicht in der sichtbaren, aufgeklärten Welt von heute.

„Graf Talos hat Sie über unser Kommen in Kenntnis gesetzt?“, fragte ich, als ich Viszna in ihrer Küche antraf, wo sie gerade damit beschäftigt war, einen Strudelteig von solcher Dimension auszuziehen, dass sie damit eine ausgewachsene Person vom Hals bis zu den Knöcheln hätte bekleiden können.

„Der Graf ist ein korrekter Mann. Er tut, was er verspricht“, erwiderte sie. Ihre Sätze waren kleine Explosionen: „Hier sind die Schlüssel. Sie werden Vasszentjakab mögen. Ihr Haus ist das schönste im ganzen Ort. Das Frühstück bringe ich so gegen acht. Für zwei Personen. Oder bin ich da falsch informiert?“ Sie schob mir den Schlüssel über den Tisch. „Sie wissen, wie Sie hinkommen? Es ist das letzte Haus in der linken Zeile."

Ich nahm den Schlüssel an mich, doch ich konnte die Küche nicht verlassen, da Viszna mir mit dem Teig, den sie soeben einmal mehr umgeschlagen hatte und wie einen Schal in beiden Händen hielt, den Weg versperrte.

„Sie sind ein Freund des Grafen?", fragte sie, um eine Spur umgänglicher als zuerst.

„Ich habe ihn bei einer archäologischen Tagung in Budapest kennen gelernt. Wir sind ins Gespräch gekommen, und er erzählte mir, dass er in Westungarn einige sehr schöne Objekte wochen- oder auch monatsweise vermietet."

Viszna hielt den Atem an, als wollte sie diese harmlose Mitteilung mit einer weiteren ihrer kleinen Explosionen beantworten. Doch dann schien sie sich eines Besseren zu besinnen und stimmte mir zu: „Ja, schöne Objekte, das sind sie, schöne Objekte, die der Graf hier besitzt – und vermietet."

Ihr Alter war ebenso schwierig zu schätzen wie ihr Typ zu beschreiben. Sie war keine von den schwarz gekleideten, kopftuchtragenden magyarischen Bäuerinnen, noch weniger war sie allerdings eine Vertreterin der modernen ungarischen Business-Women im Prada-Look und mit Piroschka-Akzent. Sie mochte um die fünfzig sein, vielleicht sogar – ihr blondes Haar schien mir noch ungefärbt – zwei, drei Jahre jünger.

„Sie brauchen nur nach der Wiesenarchitektin zu fragen. Die kennt dort jeder, und sie hat mein volles Vertrauen", hatte Graf Talos, ein ungarischer Aristokrat mit hoher Stirn, tiefliegenden, schwarz funkelnden Augen und einem ebenso schwarzen wie dichten Oberlippenbart geantwortet, als ich ihn vor einigen Tagen in Wien um die Schlüssel des Hauses bat, das ich für zwei Wochen gemietet hatte. „Sie wohnt gleich neben der Kirche. Es ist nicht zu verfehlen."

„Warum eigentlich Wiesenarchitektin?", hatte ich neugierig nachgefragt, und der Graf hatte, meiner Frage ausweichend, allerlei Verblasenes geantwortet. „Ach, das ist eine lange Geschichte, und sie beginnt wohl schon in der Zeit, als wir hier in Ungarn noch die Leibeigenschaft hatten. Die Leute erzählen untereinander ja wahrlich viele Legenden; verzeihlich, in einer so entlegenen Gegend; manche davon sind eher fromm, andere eher schlüpfrig, … und Viszna ist halt auch eine dieser Legenden."

Ich ließ die Legende mitsamt ihrem Strudel hinter dem Küchentisch zurück und bezog mit Valeria das Haus mit der Nummer 17, das sich von allen anderen nur dadurch unterschied, dass seine Fassade erst jüngst neu verputzt worden war. Hatte man den Holzgatter jedoch erst einmal geöffnet und war durch die schmale Pergola vor dem Eingang ins Haus eingetreten, entpuppte sich, was zunächst wie eine niedrige Bauernklitsche ausgesehen hatte, als prächtig ausgestattetes Herrenhaus, dessen mit schönen Chaiselongues, Biedermeier-Sekretären, Barockschränken und solid gezimmerten Kastenbetten ausgestattete Schlafräume längs eines mit fußbodengeheizten Lavasteinen ausgefliesten Ganges lagen. Der wiederum führte an einem chromblitzenden Küchenstudio vorbei und mündete in einen Salon von so weitläufigen Ausmaßen, dass man darin bequem einen kleinen Hausball hätte veranstalten können. An den Wänden dieses hallenartigen Raumes, der durch einen offenen Dachstuhl zusätzlich an Dimension gewann, wechselten einander die Jagdtrophäen und prunkvoll gerahmten Gemälde ab, die entweder bukolische Landschaften oder Porträts von Vertretern alter Magnatengeschlechter zeigten. Wie dick und wärmespeichernd die Außenmauern waren, zeigte ein in dieselben eingelassenes Fenster, zwischen dessen beiden Glasscheiben bequem eine recht ansehnliche Sammlung von bemalten Jugendstilgläsern Platz fand, die, da die rückwärtige Scheibe aus weißem Milchglas war, bei Tage wie von einer indirekten Beleuchtung erhellt schienen und daher wirkten, als wären sie in einer Museumsvitrine aufgestellt.

Hier, so waren wir uns, nachdem wir auch die geräumige Terrasse, den offenen Kamin und den Wintergarten inspiziert hatten, völlig einig, ließ es sich eine Zeit lang leben, ja wir erwogen sogar im ersten Überschwang, das ganze Anwesen zu kaufen, was allerdings, wie ich einwandte, nicht nur an dem sicherlich hohen Kaufpreis, sondern vermutlich auch an der Tatsache scheitern würde, dass Graf Talos vollends närrisch oder komplett bankrott sein müsste, um sich von einem solchen Anwesen zu trennen.

Wie mir Graf Talos schon in Wien versichert hatte, sollte sein Landhaus in Vasszentjakab nicht nur blitzsauber durchgeputzt, sondern von der Wiesenarchitektin auch mit allerlei Vorräten ausgestattet worden sein, die uns das Leben während der folgenden zwei Wochen angenehm machen würden. So fanden wir in der Speisekammer eine ansehnliche Auswahl bestens gepflegter Käse unter einer Kristallglocke. In zwei Weidenkörben lagerten reichlich Obst und frisches Gemüse. Selbstverständlich fehlte es auch nicht an den landestypischen getrockneten Pfefferonischoten und einem Zopf frischen Knoblauchs, der mit einer durchzogenen Speckseite erfolgreich um den Duftprimat in der Speisekammer wetteiferte. Besonders angenehm fiel mir auf, dass die Wiesenarchitektin uns nicht nur ausreichend mit Gemüsezwiebeln, sondern vor allem auch mit einem ganzen Jutesack voll niedlicher kleiner Schalotten ausgestattet hatte, die das Kochen für jedermann, der diese Kunst, und sei's nur zum Hausgebrauch, beherrscht, doch wesentlich erleichtern. Neben einer annähernd zwei Liter fassenden Antikflasche, die zu drei Viertel mit Barack gefüllt war, stand auch ein beträchtliches Sortiment erlesener Weine aus Villány und Tokaj zur Verfügung.

Nachdem Valeria, geschafft durch die lange Anreise, zu Bett gegangen war, stöberte ich noch ein wenig in der zwar nicht allzu umfangreichen, aber doch mit Kennerschaft zusammengestellten Bibliothek des Hauses und blieb zunächst eine Weile an einer Mappe hängen, in der sich einige bemerkenswerte alte Stiche befanden. Einer davon stammte aus dem Jahr 1763 und zeigte einen Feldhasen mit zwei Rümpfen, die zu einem einzigen Kopf mit zwei Augen zusammenwuchsen. Das Ungetüm sei, so lautete die seltsamerweise nicht ungarisch, sondern deutsch verfasste Inschrift darunter, von einer „Gräserin" der Herrschaft Szombathely noch lebendig gefunden worden, aber „gleich darauf crepiert".

Die Bibliothek enthielt neben etlichen vielbändigen Enzyklopädien und einigen für mich recht aufschlussreichen Werken über die ungarische Archäologie auch mehrere alte Kochbücher, von denen die meisten jedoch zu meinem Leidwesen in ungarischer Sprache verfasst waren. Eines hingegen – das am meisten vergilbte und am schlechtesten gebundene Exemplar von allen – war in meiner Muttersprache verfasst. Einige Seiten fehlten, darunter sowohl Titelkupfer als auch Vorsatzblatt, die vielen Fett- und Stockflecken auf den Blättern wiesen allerdings weniger auf ein besonders ehrwürdiges Alter des Buches als vielmehr auf häufige Verwendung im Küchenalltag und feuchte Lagerung im Küchendunst hin. Es war also, obwohl ich das Alter des Werks auf rund zweihundert Jahre schätzte, keine bibliophile Rarität, die ich da in Händen hielt, sondern eher ein Stück gelebter und mit zahlreichen Saucenspritzern verklebter Alltagsgeschichte.

Viele Rezepte in diesem Buch schienen mir recht leicht nachzukochen und durchaus auch für heutige Gaumen ansprechend zu sein, andere wiederum, zu denen etwa ein Kalbslungenmus, eine gesulzte Butter, eine süße Krebsentorte oder am Rost gebratene Singvögel zählten, schienen mir reichlich dubios. Sofort ins Auge stach mir allerdings ein Rezept für eine *„Gedünstete Aenten mit kleinen Zwiebeln“*, das mich ob der verwendeten dreißig oder vierzig nussgroßen Zwiebeln sofort an meinen soeben entdeckten Schalottenvorrat denken ließ. Mit entsprechend appetitlichem Lesevergnügen ließ ich mir das Rezept denn auch förmlich auf der Zunge zergehen.

„Man gibt in eine Casserolle einige Blätter Speck, Schinken, Zwiebel, oder blätterweis geschnittene gelbe Rüben, darauf rein geputzte, gesalzene, mit etwas Majoran bestreute und schön dressirte Aenten, und läßt sie so lange dünsten, bis sie weich, und auf allen Seiten braun sind. Dann nimmt man die Änten heraus, läßt in der Soße zwey kleine Löffel voll Mehl braun werden, füllt sie mit guter Brühe und etwas Essig auf, und läßt sie versieden. Dann läßt man in der durchgesiehenen Soße die Aenten mit etwas Limonienschalen noch ein wenig dünsten. Nun schneidet man von 30 oder 40 Zwiebeln in der Größe einer Nuß oben und unten ein Blatt weg, siedet sie einige Augenblicke im Wasser, kühlt sie dann eine Weile im kalten Wasser ab, schält die obere Hälfte davon weg, und gibt sie in ein Stück warmer Butter, kehrt sie darin öfters um, damit sie überall braun werden, fällt etwas braune Suppe darauf, würzt es mit Salz und Pfeffer, und läßt sie weich werden, ohne daß sie zerfallen. Beym Anrichten legt man die Aenten in die Mitte der Schüssel, die Zwiebel herum.“

Während des Lesens glaubte ich, das Aroma des Gerichtes förmlich auf der Zunge zu spüren, ja es war mir, als ob ich es schon irgendwann einmal genau mit diesen Zutaten und genau nach dieser Rezeptur gegessen hätte. Doch mochte ich grübeln, soviel ich wollte, sosehr das Bild der adrett von kleinen Zwiebelchen umringten, im Schmorsaft servierten Entenkeule vor meinen Augen und sogar sein Geschmack an meinen Geschmackspapillen gegenwärtig waren, sowenig vermochte ich mich zu erinnern, bei welcher Gelegenheit ich es gegessen haben sollte. Plötzlich spürte ich einen Anflug von Bitterkeit am Gaumen, ein flaues Gefühl, das man häufig mit Kindheitserinnerungen verbindet, die sich einst unangenehm auf den Magen schlugen und von dort gallige Säfte die Speiseröhre aufsteigen ließen. Doch dieses kleine Seelenbitterl verflog schnell wieder beim nochmaligen Durchlesen des Rezeptes, das die Überzeugung in mir reifen ließ: Ich musste genau dieses Entenrezept in den nächsten Tagen für Valeria und mich zubereiten.

Als ich zu Bett gegangen war, dachte ich ein paar lustvolle Dämmerminuten lang über die Frage nach, ob es nicht nützlich wäre, wenigstens die ein oder andere Schalotte mit einer Gewürznelke zu spicken, und mit solchen Gedanken und dem virtuellen Duft der geschmorten Ente schlief ich problemlos ein.

Am nächsten Morgen weckte mich das Motorengebrumm jenes alten Lada-Lieferwagens, der dreimal die Woche, Montag, Mittwoch und Freitag, jeweils um acht Uhr früh, am Kirchplatz von Vasszentjakab vorfuhr und dort ein Hupkonzert veranstaltete, auf dessen pünktliches Eintreffen man sich ebenso verlassen konnte wie auf den Klang des Geläuts der kleinen Mátyáskirche. Ich schreckte aus meinem Bett auf, sah beim Fenster hinaus und konnte beobachten, wie sich von fast allen Häusern des langgezogenen Angerdorfes her eine mit Taschen und Tüten bewaffnete Prozession zu dem Lieferwagen hin in Bewegung setzte. In einem für den sonstigen Gang der Dinge in Vasszentjakab eher untypischen Eilschritt strebte sie auf das ziemlich zerknitterte Fahrzeug und dessen umso intakter und viriler wirkenden Lenker István Király zu. Es war der junge Bäckermeister aus dem nahen Csákánydoroszló, der die umliegenden zwölf Ortschaften in Ermangelung geeigneter Nahversorgungseinrichtungen mit Brot und Käse belieferte, bei Bedarf jedoch auch Fleisch, Zeitungen, Kekse und allerlei Kram mitbrachte, den man allerdings ein paar Tage zuvor bestellen musste. Klatsch und Tratsch aus den Nachbardörfern sowie Komplimente für die vor dem Lieferauto aufmarschierenden Hausfrauen wurden allerdings prompt und ungefragt geliefert.

Aus reiner Neugierde zog ich mir einen Staubmantel über den Pyjama, lief auf den Kirchplatz und kaufte ein paar frische Semmeln. Als ich merkte, dass István Király zumindest gebrochen Deutsch sprach, fiel mir meine gestrige Einschlaflektüre wieder ein, und ich fragte ihn, ob er bis übermorgen oder auch bis Ende der Woche eine Ente auftreiben könne. István lachte, nicht aus ganzem Herzen, sondern so, als ob er mich auslachen würde, dann zeigte er über den Dorfweiher hinweg auf eine der benachbarten Wiesen, wo sich bereits zu dieser frühen Morgenstunde allerlei Federvieh tummelte. „Niemand braucht eine Ente nach Vasszentjakab zu bringen, es sind genug davon da. Fragen Sie nur die Wiesenarchitektin." Sein schallendes Lachen verfinsterte sich allmählich zu einem dumpfen Höhnen, bevor es – die nächsten Kunden warteten schon – dann doch versiegte.

Ich vergaß dieses dumpfe, freudlose Lachen erst wieder, als ich von Valeria als Held des Tages gefeiert wurde, weil ich mitten in einer solchen Einöde wider jegliches Erwarten für ofenwarmes, knuspriges Gebäck gesorgt hatte. Am Nachmittag fasste ich mir dann ein Herz und ging zur Wiesenarchitektin hinüber, die ich gestern ein wenig brüsk hatte stehen lassen, was in mir jenen Anflug schlechten Gewissens hinterließ, der nicht an Wiedergutmachung, sondern lieber an Kontaktvermeidung denkt. Viszna trug diesmal ein knöchellanges, fliederbuntes Kleid, über das sie einen grauen Anorak gezogen hatte, und sie telefonierte gerade. Ich stand ihr direkt gegenüber und sah ihr dabei zu. Sie machte keinerlei Anstalten, damit aufzuhören, musterte mich aber mit einem so scharfen Blick, dass ich mich dem Bann ihrer Aura nicht einfach entziehen konnte. Auch schien sie gar nicht wirklich ein Gespräch zu führen, sondern sie monologisierte vielmehr psalmodisch vor sich hin; es klang wie eine melancholische alte Ballade, eine ununterbrochene Abfolge von Tönen und Halbtönen, deren Sprachmelodie mich an eine chromatische Tonleiter erinnerte.

„Sind Sie zufrieden? Genießen Sie die Ruhe?", ließ sie ihren ungarischen Redefluss jäh ins Deutsche implodieren, was die Bitte, die ich vorzutragen hatte, noch unverschämter machte.

„Ich suche", stammelte ich, „es ist nur so, dass man mir gesagt hat, dass Sie …" Ihr fordernder Blick, der gleichwohl nichts, zumindest nichts Offensichtliches erheischte, entwaffnete mich einmal mehr. „Sie haben so schöne Kochbücher in Ihrem Landhaus", versuchte ich einen neuen Anfang.

„Das ist wahr", stimmte sie zu, „aber die meisten davon sind ungarisch."

„Ich habe aber auch ein deutsches gefunden."

„Und…?"

„Ich fand darin ein Rezept für eine Ente mit Zwiebeln."

„Falls Sie Zwiebeln benötigen sollten: Es ist ein ganzer Sack davon ganz hinten in Ihrer Speisekammer."

„Es geht nicht um die Zwiebeln; die habe ich bereits gefunden … Was ich bräuchte, ist vielmehr eine Ente, und der Bäckermeister hat mir erzählt, sie hätten gewissermaßen … ich meine, es geht um Ihre Verbindungen zu den Enten von Vasszentjakab … Ihre bekannt guten Verbindungen …“

„Das hat Ihnen Isztván erzählt?“

„Ja, ich denke, so hieß er.“

„István ist Bäcker. Was muss er über Enten schwätzen?“

Das Handy, das sie noch immer in der Hand hielt, als hätte sie ihre letzte Unterredung nicht wirklich unterbrochen, läutete wieder. Das Gespräch erledigte sich allerdings in einem ihrer mir nun schon vertrauten Florettsätze, und sie wandte sich wieder mir zu.

„Es gibt so viel zu organisieren“, versuchte sie das Thema zu wechseln. „Zu viel.“

Ich wusste, dass das für mich, in anderen Worten ausgedrückt, ein Zurück-an-den-Start bedeutete.

„Verzeihen Sie“, erwiderte ich und versuchte dabei mein gewinnendstes Lächeln aufzusetzen, „Sie sahen mir auch gar nicht wie jemand aus, der mit Enten Handel treibt.“

Sie beachtete mein Lächeln nicht, nahm aber meine Entschuldigung offenbar an.

„Isztván hatte nicht ganz Unrecht. Ich handle nicht mit Enten. Aber ich besitze welche. Möchten Sie tatsächlich eine davon haben?“

„Ich möchte sie käuflich erwerben.“

Sie spannte ihre beiden Schulterblätter zusammen wie ein Erzengel vor dem Abflug.

„Käuflich ist nicht möglich. Aber Sie sind ein Freund von Graf Talos.“ Sie bedeutete mir, ihr durch den Hinterausgang zu folgen. Ich trabte ihr folgsam hinterher über den gesamten Streckhof, bis derselbe ganz hinten bei der Streuhütte einen Haken zum Wagenschuppen schlug. Dort öffnete sie das schmale Holzgatter, und wir standen auf freiem Feld.

„Laufen die nicht weg?", fragte ich und blickte auf das Federvieh, von dem wir uns plötzlich umringt sahen.

„Nein, sie bleiben beim Haus", erwiderte Viszna sachlich und schnappte sich eines von den Tieren, und zwar so geschickt, dass es nicht einmal dazu kam, aus Protest zu einem größeren Flügelschlag anzusetzen.

„Da, nehmen Sie, die Ente gehört Ihnen."

Schon hockte das Tier mit seinem federwarmen Unterleib auf meinem Ellenbogen, und ich wusste plötzlich nicht mehr, ob es sein oder mein Herz war, das da so aufgeregt pochte. Im Gegensatz zu Viszna beherrschte ich keine Grifftechnik und fühlte mich, als die Ente aufgeregt ihre Schwingen ausbreitete, wie Nils Holgerson an der Brust einer Wildgans.

„Ich steche nicht", sagte die Wiesenarchitektin. „Schon seit vielen Jahren nicht mehr. Ich habe mir geschworen, das nicht mehr zu tun."

„Stechen?", erwiderte ich fassungslos.

„Ja, stechen. Stechen bedeutet so viel wie töten. Ich will damit sagen: Die Ente gehört Ihnen, aber stechen müssen Sie Ihre Beute schon selbst ..."

Unter anderen Umständen hätte ich ihr auf diesen versteckten moralischen Vorwurf etwas Ausweichendes, vielleicht sogar etwas Pointiertes geantwortet. Doch der Sinn stand mir nicht nach Rhetorik. Die Ente hatte mich nämlich mittlerweile zum Sparringpartner erwählt, und als sie mit ihrem Schnabel nach meinem Gesicht zu schnappen begann, resignierte ich und setzte das Tier, das mir, obwohl es wahrscheinlich keine fünf Kilo wog, zentnerschwer dünkte, wieder auf den Boden.

Ich weiß nicht, ob dieser Akt offensichtlicher Feigheit in der Wiesenarchitektin Verachtung oder Mitleid hervorrief. Sie baute mir jedenfalls eine Brücke, damit ich in diesem Morast von Peinlichkeit, in dem ich nun endgültig unterzugehen drohte, noch einmal meine Haut retten konnte.

„Sie bitten am besten Herrn Orfalu. Er wohnt am Ende der Häuserzeile. Und er sticht gut."

Ich ließ meine Blicke die Häuserzeile entlang über den Anger schweifen, und ihr Ende schien mir, wenn ich daran dachte, die Strecke bis dahin mit einer lebendigen Ente zurücklegen zu müssen, weiter zu sein als bis zum Rand der Puszta. Viszna musste meine Gedanken erraten haben. Denn sie hüpfte mir zuliebe auf ihren kleinen Truck und lud auf dessen offener Ladefläche mit einem schnellen Handgriff die lauthals protestierende Ente ab.

„Steigen Sie ein, ich fahre Sie hin", gebot mir die Wiesenarchitektin, denn es war in der Tat mehr ein Befehl als eine Einladung. Und ich zögerte auch keine Sekunde, ihm zu folgen.

Orfalus Haus war eines der bescheideneren von Vasszentjakab, es lag jedoch, gleich neben dem barocken Tabernakelbildstock an der Wegkreuzung zum Nachbarort, auf einer kleinen Anhöhe, wodurch es der Dorfstruktur ein wenig entrückt war. Im Gegensatz zu den meisten anderen Gehöften war jenes von Orfalu nach allen Seiten hin offen, und jeder konnte auf den kleinen Weiher, den Ziehbrunnen und das ziemlich ärmliche Wirtschaftsgebäude hinter dem strohgedeckten Wohnhaus sehen.

Orfalu, so schoss es mir plötzlich durch den Kopf, war der Freimann von Vasszentjakab. Seit jeher wohnte der nämlich außerhalb der menschlichen Ansiedlungen, wo er auf einem nahen Galgenberg auch seinem blutigen Handwerk nachging. Tatsächlich war es Herrn Orfalu schon zuzutrauen, jederzeit jedermann vom Leben zum Tode zu befördern, so kraftvoll und furchtlos sah er aus.

Herr Orfalu wusste, kaum dass Viszna ihren Wagen vor dem Wirtschaftsgebäude geparkt hatte, was auf ihn zukam. Er schlüpfte unter einer ans Wirtschaftsgebäude genagelten und offenbar als Tür dienenden Plastikmatte hervor, musterte uns beide mit einem verächtlichen Blick und ging geradewegs auf die Ente zu. „Was haben wir denn da für einen Patienten?", sagte er, nachdem Viszna ihn auf Deutsch begrüßt hatte, „bist du überhaupt schon fett genug, um zu sterben?"

Dann wandte er sich an mich und fuhr in gebrochenem Deutsch fort: „Immer muss ich machen schmutzige Arbeit für Wiesenarchitektin, aber wenn Wiesenarchitektin ruft, man nicht nein sagen kann." Dann musterte er mich einen Augenblick und fügte hinzu: „Aber Stechen kostet."

„Was kostet es denn?"

„Eine *kacsa* tausend Forint."

Viszna warf ihm einen strafenden Blick zu, der wohl so viel wie „Der Herr ist ein Freund des Grafen" bedeutete. Orfalu verstand, was Viszna meinte, bewegte sich ab diesem Zeitpunkt noch eckiger als schon zuvor und verlangte, was mir ziemlich peinlich war, statt der tausend plötzlich nur noch zweihundert Forinth für die Schlachtung der *kacsa*, was ein Pappenstiel war.

Kaum hatte ich ihm das Geld und noch einen Hunderter dazu vorgezählt, winkte mich Herr Orfalu in das Gebäude. Er band sich eine blaue Fleischerschürze um.

„Du brauchen Blut?"

„Blut?"

„Blut gut. Gut für *mártásban*."

„Er meint, ob Sie das Entenblut brauchen, um aus dem Entenklein eine gute Sauce zuzubereiten", dolmetschte Viszna, die uns in den kleinen kahlen Arbeitsraum gefolgt war, in dessen Mitte sich, von zwei grob gezimmerten Holzböcken gestützt, nur eine große, unregelmäßig geformte Basaltplatte mit ein paar Messern und Zangen darauf befand, außerdem noch ein dreibeiniger Schustersitz und ein paar leere Eimer.

„Schade um Blut von *kacsa*", beharrte Orfalu und stellte eine kleine Plastikwanne auf den Boden, in die er etwas Essig goss, bevor er sich unmittelbar davor auf den Schemel hockte und sein langes, spitzes Messer an einem Wetzstahl zu schleifen begann. Die Ente watschelte unterdessen, als hätte das alles mit ihr nicht das Geringste zu tun, seelenruhig rund um ihren Schlächter auf dem Estrich herum. Doch ehe sie sich's versah, ward sie von Herrn Orfalu mit flinkem Zugriff zwischen dessen Beine gezogen, hochgehoben und, während sie zu einem letzten Mark und Bein durchdringenden Schnattern ansetzte, an ihrem Hinterkopf um ein Büschel Federn kürzer gemacht. Auf diese Weise legte Herr Orfalu jene daumengroße Stelle frei, an der er die *kacsa* nach ihrem Hinscheiden bequem und ohne dass deshalb das ganze Federkleid in Purpur getaucht wurde, ausbluten lassen konnte. Zielsicher stach Orfalu seiner Klientin dann genau an diesem Punkt mitten durch den Schädel und ließ die Ente mit dem Kopf nach unten zwischen seinen Knien ihre letzten elektrischen Zuckungen tun, während ihr Blut in dünnem Strahl in die Essigwanne zwischen Orfalus Beinen rieselte, das er mittels eines Holzscheits gründlich mit dem Essig verrührte.

Während ich darüber nachdachte, ob das Schauspiel, das ich soeben erlebt hatte, mein Interesse oder doch eher meinen Widerwillen hervorrief, öffnete sich tief unten, in einem erinnerungsmächtigen Gelass meiner Vorstellungskraft, plötzlich eine Klappe, und ich sah mich, ich mochte wohl fünf oder sechs Jahre alt gewesen sein, quer durch unseren Garten laufen und meinen Vater begrüßen, der mit seinem Dienstwagen, einer bauchigen, schwarzen Mercedes-Limousine, Baujahr 1950, vor unserem Gartenzaun hielt, den Kofferraum öffnete und zum Entsetzen meiner Mutter eine lebendige Ente herauszog, die ihm – mein Vater war damals im Versicherungsgeschäft tätig – ein dankbarer Landwirt für die Vermittlung eines von der Krankenkasse bezahlten Kuraufenthaltes geschenkt hatte.

Die nächste Szene, an die ich mich erinnerte, zeigte meinen Vater und mich auf dem Holzplatz in einer abgeschiedenen Ecke unseres großen, mit vielen alten Bäumen bestandenen Gartens. Wir sahen einander zweifelnd an. Mein Vater hatte eine langstielige Axt in der Hand und fragte mich, ob ich lieber die Ente halten oder das Beil schwingen und ihr den Kopf abschlagen wolle. Doch so tief ich ins Meer der Erinnerung hinabtauchte, so wenig konnte ich ergründen, welche Entscheidung ich damals getroffen hatte. Ich entsann mich nur noch des aus der Höhe herabsausenden Stahls und des quer über den Hackstock spritzenden Bluts.

Als meine Gedanken von der Ente meiner Kindheit wieder zu Visznas *kacsa* zurückgekehrt waren, lag diese bereits in einem Eimer mit kaltem Wasser, aus dem sie Orfalu nach kurzer Zeit in eine andere Wanne mit brühend heißem Wasser hinüberwuchtete, bevor er sich ans Rupfen machte. Er fasste die Ente mit der linken Hand an beiden Füßen und begann mit der flachen Rechten kräftig auf die nasse Ente zu klatschen, und schon fiel unter dem Druck eine große Menge von Federn ab. Danach rupfte er das Tier behände und gegen den Strich weiter und operierte nach dem Rupfen die noch im Fleisch stecken gebliebenen Federkiele mittels Messer und Zange vorsichtig heraus.

Wer hatte damals unsere Ente gerupft? Und wie haben wir sie zubereitet? Was aus der Ente nach ihrer Schlachtung wurde, war aus meinem Kopf so gut wie weggeklickt, nur der abgeschnittene Kopf mit seinem langen Entenschnabel lag da neben dem Hackstock, und jederzeit abrufbar war seltsamerweise auch das Gefühl, das ich dabei empfunden hatte. Es war zu meinem Erstaunen nicht Ekel, nicht Scham, nicht Mitleid, sondern Triumph, ein nahezu rauschhaftes Gefühl der Überlegenheit …

Während ich darüber nachdachte, beobachtete ich mich selbst dabei, wie ich Orfalu mit durchaus wohligem Schauer beim Ausnehmen meiner Ente zusah. Kaum hatte er afteraufwärts zu einem harten, kurzen Schnitt angesetzt, tauchte er seine Faust auch schon durch den Steiß hinein, um damit ins noch körperwarme Gedärm zu fassen und die Innereien so geschickt aus der Bauchhöhle herauszugabeln, dass die Galle dabei nicht verletzt wurde und die darin enthaltene bittere Flüssigkeit nicht ausrinnen und den Geschmack des übrigen Fleisches trüben konnte. Statt sie, wie ich erwartete, wegzuwerfen, wusch Orfalu jedoch die Gedärme einzeln aus und wickelte sie danach geschickt um die zuvor abgehackten Entenfüße.

„Gut für *mártásban* von *kacsa*“, sagte Herr Orfalu, der sichtlich stolz auf sein Werk war. Er verpackte die Entenfüße gemeinsam mit dem von der Gurgel befreiten Hals, den bis knapp ans Gelenk abgeschnittenen Flügeln, dem aufgeschnittenen und entleerten Magen sowie der Leber und dem Herz in eine Tüte, fing das Blut aus der Wanne in einem Marmeladeglas auf, verschloss es, schwemmte die ausgenommene und zugeputzte Ente noch einmal in kaltem Wasser ab, schlug sie in Packpapier ein und klemmte sie mir unter den Arm.

„Sie müssen das Tier unbedingt ein, zwei Tage abliegen lassen“, riet mir die Wiesenarchitektin, die die Vorgänge mit einer so grausamen Gelassenheit verfolgte, als zählte sie zu den Nachkommen jener Erszébeth Bátthory, der unweit von hier ansässigen Gräfin von Burg Lockenhaus, die ihre welkende Schönheit mit Bädern im Blute ermordeter Jungfrauen aufzufrischen pflegte. „Dann sind die Muskeln nicht mehr so verspannt wie jetzt, nach dem Todeskampf“, fuhr sie fort. „Im Übrigen denken Sie an die falsche Geschichte.“

„Ich verstehe nicht recht.“

„Das ist nicht die wirkliche Geschichte, an die Sie soeben gedacht haben, oder zumindest gibt es noch eine zweite, glauben Sie mir.“

Nach diesen kryptischen Sätzen nahm Viszna keine Notiz mehr von mir und reagierte auch nicht, als ich nachfragte, ob sie denn Gedanken lesen könne. Stattdessen bedachte sie Herrn Orfalu mit einer ihrer syntaktischen Explosionen und fuhr auf der Fahrstraße hinter der Ortschaft zu ihrem Haus zurück. Meiner Ansicht nach wäre es ein Gebot der Höflichkeit gewesen, mich wenigstens zu fragen, ob sie mich nicht daheim absetzen könne. Doch wahrscheinlich wollte sie mir in ihrer unnachsichtigen Art die Häme nicht ersparen, die ich nunmehr zu ertragen hatte, als ich mich hinter den verschlossenen Jalousien der Fensterfronten auf der ganzen Dorfstraße beobachtet wusste. Ich war ja auch tatsächlich ein allzu komischer Anblick, wie ich da als gescheiterter Hans im Glück mit einem toten Federvieh in der Hand durch das Dorf trottete, indem ich mit der einen Hand die Ente fest an meinen Oberkörper presste und in der anderen das Glas mit dem Entenblut wie eine Trophäe vor mir hertrug, während ich die Papiertüte mit dem Entenjungen irgendwo zwischen Brust und Kinn balancierte.

Die Freude Valerias über meine Beute war obendrein gering, und die Stimmung wurde dadurch, dass nicht nur mein Pullover und meine Hände blutverschmiert waren, sondern Valeria auch noch den Anblick von frischem Entenblut über sich ergehen lassen musste, keineswegs besser. Wo ich Triumph und Bewunderung ob meines heldenhaften Ausharrens beim Abstechen der Ente hätte erwarten dürfen, da erhob sich lediglich die Frage, warum ich nicht in die nächste Stadt gefahren sei und eine küchenfertige Ente im Supermarkt gekauft hätte.

Ich verzog mich also, bevor der Haussegen allzu schief hing, in die Küche, verstaute die Ente mit all ihren essbaren Anhängseln im Kühlschrank und begann mein Rezept noch einmal zu studieren. Ich schlug das alte Kochbuch auf und strich, wie ich es bei alten Büchern fast immer tue, mit meiner rechten Hand darüber, um das Erhabene der mit Blei gesetzten Lettern lustvoll in den Fingerkuppen zu spüren. Plötzlich schien es mir, als wollte das Buch mich nicht mehr loslassen und als würden meine Finger auf ewig an den Lettern kleben bleiben. Nur mit Mühe konnte ich meine Hand von dem Buch wieder lösen, und im weiteren Verlauf meiner Tag- und Nachtträume ließ mich die Vorstellung nicht los, dass ich mit dem an meiner Hand klebenden Buch zum Arzt musste und dieser mir eine Amputation als einzigen gangbaren Ausweg empfahl. Die eher dem Diesseits zugewandte Seite meines Naturells beschloss also, das Kochbuch zu vergessen und die Ente am Wochenende ganz klassisch ohne spezielles Rezept zu braten.

Inzwischen beschied ich mich, von den alltäglichen Verrichtungen und der erfolgreichen Erforschung weiterer Folianten – ich stieß dabei vor allem auf ein hochinteressantes Werk über die Uhujagd – in der Bibliothek einmal abgesehen, mit der Beobachtung des im Garten befindlichen Maulbeerbaumes. Zudem versuchte ich durch gelegentliche Gespräche mit Nachbarn, so sie denn ein paar Brocken Deutsch sprachen, Informationen über mein neues Lieblingsthema, die Herkunft des Spitznamens Wiesenarchitektin, einzuholen.

Ihre Mutter sei dabei ertappt worden, wie sie es mit einem Architekten aus einem alten ungarischen Adelsgeschlecht auf einer Wiese trieb, bevor sie dann prompt schwanger wurde, raunte mir István Király bei seinem nächsten Zwischenstopp in Vasszentjakab zu und wurde von mir für diese nicht wirklich befriedigende Auskunft mit immerhin fünfhundert Forinth belohnt. Eine Nachbarin erzählte mir, die Viszna sei einmal, noch während der kommunistischen Zeit, beruflich mit der Organisation von Landwirtschaftsausstellungen befasst gewesen. Valeria, die ebenfalls gerne fragt und meist die besseren Antworten als ich erhält, erfuhr nach intensiven Recherchen bei den Frauen der Umgebung, dass Visznas Mädchenname Architektonidis und ihr Vater ein griechischer Gastarbeiter gewesen sei. Das klang, was die Verballhornung ihres Namens betraf, logisch, doch warf es gleichzeitig die Frage auf, ob Viszna denn verheiratet war. Im Ort konnte sich jedenfalls keiner daran erinnern, und Architektonidis hieß sie auch nicht, oder zumindest nicht mehr.

Inzwischen waren zwei Tage vergangen, und ich war guter Hoffnung, dass Visznas *kacsa* ihre Leichenstarre einigermaßen erfolgreich überwunden hatte. Das aufwühlende Bild von der Hinschlachtung der Ente war in meiner Gedankenwelt mittlerweile ein wenig verblasst, und an die amputierte Hand mit dem Kochbuch konnte ich mich schon kaum mehr erinnern. Dafür gab mir Visznas letzter Satz täglich mehr zu denken, und ihre Person erschien mir zunehmend rätselhafter. Was hatte sie mit „der falschen Geschichte" gemeint, und wenn meine Geschichte tatsächlich falsch war, welche war dann die andere, die richtige?

Daran, dass ich die Ente gemeinsam mit meinem Vater auf dem Holzpflock hinter unserem Haus hingerichtet hatte, war nicht im Geringsten zu zweifeln. Es existierte davon zwar gottlob kein Foto, aber sowohl mein Vater als auch meine Mutter hatten in späteren Erzählungen immer wieder schmunzelnd darauf hingewiesen, was für ein Aufsehen es damals mit der lebendigen Ente aus dem Kofferraum gegeben hatte. Dass die ganze Szene ein Trugbild meiner Phantasie gewesen sein könnte, schloss ich also absolut aus. Vielleicht war Viszna aber auch nur eine Scharlatanin, die sich in der Rolle gefiel, parapsychologische Fähigkeiten vorzutäuschen. Aber wie konnte sie dann wissen, dass ich gerade an eine Geschichte gedacht hatte? – Vielleicht hatte sie aber auch tatsächlich übersinnliche Fähigkeiten; die geheimnisvolle Aura, die sie umgab, schloss das keinesfalls aus, und Gedankenlesen gilt heute zunehmend als Phänomen, das sogar von notorischen Positivisten unter den Naturwissenschaftlern empirisch akzeptiert wird.

Je mehr ich allerdings über diese andere, von Viszna erwähnte Geschichte nachdachte, desto mehr gelangte ich zur Überzeugung, dass diese irgendwas mit dem namenlosen Kochbuch zu tun haben müsse, dem ich meine gegenwärtig etwas verstörte Geistesverfassung ursprünglich verdankte. Wider jede Vernunft nahm ich es also noch einmal zur Hand und begann leise, aber die Lippen bewegend, mein Rezept laut zu rezitieren. *Man gibt in eine Casserolle einige Blätter Speck, Schinken, Zwiebel, oder blätterweis geschnittene gelbe Rüben, darauf rein geputzte, gesalzene, mit etwas Majoran bestreute und schön dressirte Aenten, und läßt sie so lange dünsten, bis sie weich, und auf allen Seiten braun sind.*

Das war lupenreine, küchentechnische Wahrheit, da war nichts Manieristisches, Verlogenes oder gar Geheimnisvolles dabei. Speck, Schinken, Zwiebeln, gelbe Rüben, Majoran – genau so hatte Mutter ihre Ragouts angesetzt, da verbarg sich keine Überspanntheit und keine Extravaganz dahinter. Ich ließ also, da diese Spur ins Nichts führte, alle Entenschmäuse meines Lebens an mir vorüberziehen, ein Versuch, der zwar ebenfalls ergebnislos, aber immerhin nicht ohne Reiz war. Mindestens drei Dutzend Enten in den unterschiedlichsten Zubereitungsweisen, gebraten, geschmort, gegrillt, gefüllt, auf Peking-Art, in Orangensauce, mit Knoblauch, Paprika oder exotischen Früchten rief ich aus meinem Geschmacksgedächtnis ab, was blieb, waren jedoch nur bessere und schlechtere Geschmackseindrücke von guten und schlechten Köchinnen und Köchen sowie von angenehmen und weniger angenehmen Tischgesellschaften. Sonst war da nichts. Darüber hinaus fiel mir lediglich ein, dass meine Mutter die Zutaten aus dem geheimnisvollen Kochbuch, soweit ich mich erinnern konnte, niemals für eine Hausente verwendet hätte, die sie stets füllte und anschließend knusprig briet. Speck, Schinken, Zwiebeln, gelbe Rüben, Majoran – das klang mir eher nach Wildbeize als nach Entenragout.

Mit einem Male wurde mir klar, dass nicht Ente, sondern Wild das Schlüsselwort war, nach dem ich suchte. Die Begebenheit aus meiner Vergangenheit, an die ich auf keinen Fall denken wollte und auf die mich Viszna gestoßen hatte, musste sich also, so war mir plötzlich ganz klar, um eine Wildmahlzeit ranken, die auf schreckliche Weise, wenn nicht gar letal endete.

Ich begann also das nämliche Spiel noch einmal und versuchte mich an alle Wildenten-Mahlzeiten meines kulinarischen Lebens zu erinnern, und das waren, wie ich schnell feststellen musste, gar nicht so wenige. Sogar der Duft einer Wildente, die auf mexikanische Art in einer Schokoladen-Chilisauce serviert worden war, schwebte plötzlich an meinen Nasenflügeln vorbei. Andererseits stellte ich bei der Durchsicht meines Geschmacksregisters fest, dass die meisten Wildentenbrüste zu trocken ausgefallen waren und es in meiner Wildentenkarriere viel weniger Höhepunkte gab, als ich erwartet hätte. Lediglich die dazu servierten Rotweine waren meist exzellent.

Ich wollte den Wildenten-Suchlauf schon aufgeben, als das Bild einer völlig abgenagten Wildentenkarkasse zunehmend an Kontur gewann. Von einer Sekunde auf die andere hatte ich dann auch wieder diesen leicht süßlichen Geschmack von Schalotten am Gaumen, und alle Zutaten waren plötzlich präsent: der Speck, der Schinken, die gelben Rüben, der Majoran. Und das kleine Knöchelchen in der Speiseröhre.

Das ganze Haus war in Aufruhr. Mutter weinte, Vater rief nach dem Hausarzt, der nicht kam, weil er gerade anderswo Hausbesuche machte. Urgroßmutter schrie aus Leibeskräften: „Sauerkraut! Sauerkraut!" Alle paar Sekunden beugte sich jemand über mich, schüttelte mich, setzte mich auf, legte mich auf den Bauch, dann wieder auf den Rücken. „Er ist ganz blau", konstatierte jemand. „Er bewegt sich nicht mehr", schluchzte meine Mutter. „Es muss doch irgendwo ein Arzt sein." Vater kam abermals vergeblich von der Arztsuche zurück, auch der zweite Doktor in der Nachbarschaft war nicht zugegen.

Ich lag reglos in meinem Bettchen. Man schüttelte mich, drehte mich wieder. „Sauerkraut, Sauerkraut! Es hilft nur Sauerkraut", schallte es durch den Raum. Dann kam Viszna mit dem bleichen Gesicht der Gräfin Batthóry auf mich zu. Sie hatte ihr blondes Haar zu einem strengen Kranz geschlungen, und aus ihrem Mund explodierte einer ihrer Sätze wie Dynamit: „Ohne Kraut stirbt er."

Ich hatte tatsächlich das Gefühl, dass ich nicht einmal mehr meine Pupillen bewegen konnte und bereits tot war, weil der Baumstamm, der da tief in meiner Kehle steckte, mich von jeglicher Atemluft abschnitt. Viszna griff mit ihrer rechten Hand tief in die Schüssel mit dem Sauerkraut und ballte die Hand darin zu einer Faust, die sie in mein kleines Mündchen schob wie Herr Orfalu die seine in den Entensteiß. Meine ganze Mundhöhle füllte sich mit Sauerkraut, und da Viszna von hinten immer noch eine weitere Fuhre nachschob und mit aller Gewalt gegen meine Kehle drückte, hatte ich mich schon damit abgefunden, dass mein kleines, kurzes Leben nunmehr unter der Last einer Fuhre Sauerkraut sein Ende finden würde, als ich plötzlich losprustete und den Sauerkrautknäuel mit dem Druck eines Schrapnells wieder aus meinem Mund schnellen ließ. Plötzlich konnte ich meine Pupillen wieder bewegen, Mutter weinte noch immer oder schon wieder, und Urgroßmutter rief mit schneidender Stimme „Sauerkraut, Sauerkraut!“ und schwenkte triumphierend ein winziges Entenbein, das sich im Kraut verfangen hatte, durch den Raum.

Das Entenbein verblasste, und stattdessen war da wieder der abgehackte, blutige Entenkopf, der vom Hackstock purzelte wie ich durch den Abgrund meiner Erinnerung. Alle Bitternis war mir vom Gaumen gewichen, auf dem jetzt nur noch die vollmundige Süße der Schalotten gegenwärtig war. Dafür erfüllte mich nun wieder jenes unerklärlich rauschhafte Triumphgefühl, das während des Schlachtens der Ente von mir Besitz ergriffen hatte. Und ich konnte plötzlich auch ganz genau bestimmen, welcher Natur dieses Gefühl war. Es war kein dionysischer Blutrausch, es waren vielmehr die rasenden Erinnyen, die meine Hand lenkten: die Göttinnen der Rache. Und plötzlich wusste ich auch wieder, dass ich es war, der den tödlichen Schlag mit der Axt geführt hatte, während Vater die zappelnde Ente auf den Hackstock presste.

Die Ente mit Zwiebeln stieß bei Valeria übrigens auf maßvollen Anklang, was nicht notwendigerweise am Rezept lag, sondern wohl vor allem daran, dass ich die Sauce auf Herrn Orfalus Rat hin mit Essig und Blut zubereitete und diese Tatsache bei Tisch vielleicht ein wenig zu deutlich betonte. Als wir nach zwei Wochen von Vasszentjakab nach Wien zurückkehrten, machte ich mich sofort auf die Suche nach den ältesten Fotoalben in unserem Familienbesitz, weil ich sicher war, Viszna dort in Gestalt meiner Urgroßmutter wiederzutreffen. Ich fand tatsächlich ein paar vergilbte Plattenfotos, die Urgroßmutter mit stolzer Miene und aufgestecktem Haar in ihrem Sonntagsstaat zeigten. Der Wiesenarchitektin sah sie allerdings überhaupt nicht ähnlich. Dafür hatte mein Urgroßvater, der dahinter stand und seine Hand auf die rechte Schulter meiner Urgroßmutter legte, eine unübersehbare, um nicht zu sagen, erschreckende Ähnlichkeit mit Graf Talos.

Die Stimme von Kropa

Seit ich, eher durch Zufall als durch eigenes Verdienst, eine große kulturhistorische Ausstellung in einem Zisterzienserkloster kuratieren durfte, stehe ich, da diese Ausstellung überraschenderweise zu einem großen Erfolg wurde, im völlig unberechtigten Ruf, ich verstünde etwas von Museumsgestaltung. Immer wieder fragen daher – vor allem kleinere – Museen, die sich oft in den entlegensten Gebieten der Alpenregion befinden, bei mir an, ob ich nicht Interesse an einem Konsulentenvertrag hätte, um sie vor allem bei der didaktischen Ausrichtung ihrer oft ohne rechtes System und ohne jegliche innere Logik vermischten kunst- und naturhistorischen Exponate zu beraten.

Ich habe solche Anfragen, obwohl sie stets ehrend und nicht selten durchaus auch von thematischem Reiz waren, stets unter Hinweis auf meine mangelnde museologische Fachkompetenz ausgeschlagen und die jeweiligen Interessenten an die eigentlichen Fachleute verwiesen, ohne deren Unterstützung ich niemals in der Lage gewesen wäre, auch nur eine einzige Vitrine, geschweige denn eine groß angelegte Ausstellung zu füllen.

Nur eine einzige Anfrage ließ ich vorderhand unbeantwortet, weil mich das Angebot so sehr interessierte, dass ich mir die Sache noch eine Weile durch den Kopf gehen lassen wollte. Das Angebot stammte aus einem Ort, dessen Namen ich nie zuvor gehört hatte, nämlich aus der 800-Seelen-Gemeinde Kropa, die – ich zog sogleich eine Landkarte zu Rate – am Fuße des Jelovica-Plateaus in den slowenischen Alpen im Tal der Kroparica lag, einem entlegenen Seitenarm der Lipnica, die südlich der bekannten Wallfahrtsbasilika von Brezje in die Save mündet.

Das klang genau nach jener Abgeschiedenheit und Beschaulichkeit, die ich mir nach einem hektischen Arbeitsjahr mehr als alles andere wünschte. Vor allem aber faszinierte mich an diesem Auftrag, dass sich das Museum der Kunst des Schmiedehandwerks widmete und in einem alten Gewerkenhaus untergebracht war. Ich hatte vor vielen Jahren einen längeren Essay über alte Hammerwerke und Mühlen in den österreichischen Eisenwurzen verfasst, und die Faszination, die dieses Thema auf mich ausübte, hat bis heute angehalten. Immer noch sammle ich Berichte und Chroniken aus der Welt der „schwarzen Grafen", vor allem auch Sagen über jene erstaunlich zahlreichen Geister, die sich in alten Radwerken und Mühlen besonders wohl zu fühlen scheinen.

Ich beschloss, das Museum, bevor ich die Anfrage des Gemeinderats von Kropa positiv oder auch negativ beantwortete, persönlich in Augenschein zu nehmen. Also fuhr ich mit der Eisenbahn über Villach und Radovljica nach Podnart, von wo ich ein Taxi nahm, das mich in der Abenddämmerung zunächst entlang der Lipnica und des schmalen, aber stürmischen Kroparica-Bachs in eine zunehmend engere und steiler ansteigende Gegend führte.

In Kropa angelangt, stieg ich – es war mittlerweile schon ziemlich dunkel geworden – in der Gostilna „Zum Amboss", dem älteren von nur zwei Wirtshäusern in der längs des Baches terrassenförmig angelegten Gewerkensiedlung, ab und bestellte zum Abendessen eine Fižolova juha genannte Bohnensuppe, die so dick war, dass der sprichwörtliche Löffel darin stecken blieb. Obwohl ich danach kaum noch Hunger verspürte, ließ ich mich dennoch zu einer Žonta überreden, die, wie mir der Wirt versicherte, eine Spezialität des Kroparicatals war und sich als Rindsleber entpuppte, die so lange in einem eher dünnen Majoransaft gekocht worden war, bis sie zuletzt eine ähnliche Konsistenz wie die dazu servierte Polenta aufwies.

Nach diesem Mahl setzte sich der Wirt, ein vierschrötiger Mann, dessen Gesichtszüge und Aufmachung eher ins vorige als in unser Jahrtausend passten, unaufgefordert zu mir an den Tisch und lud mich in der geduckten, holzgetäfelten Kachelofenstube auf einen Hausgebrannten aus Zwetschken, Birnen und Äpfeln ein, der die dicke Suppe und die bröselige Leber schnell wieder vergessen machte.

Nachdem ich mich als Tourist vorgestellt hatte, der sich für die Vergangenheit des Schmiedehandwerks in Kropa interessiere, sagte mein Gastgeber: „Das Wort Vergangenheit trifft den Nagel auf den Kopf. Denn mit der Gegenwart des Schmiedehandwerks ist es nicht mehr weit her in Kropa. Früher einmal haben sich hier auf nur einem Kilometer Bachlänge fünfzig Wasserräder gedreht und ebenso viele Schmiedehämmer angetrieben. Heute gibt es nur noch einen einzigen Gewerbebetrieb, der sich auf schmiedeeiserne Grabkreuze und Straßenlaternen im historischen Stil spezialisiert hat. Und auch der braucht kein Wasserrad mehr. Sonst haben wir nur noch einen Künstler im Ort, der seltsame Gebilde wie Vögel ohne Kopf oder Schilder ohne Wappen aus Gusseisen herstellt. Kein Mensch in Kropa versteht, was er damit aussagen will, aber in Ljubljana unten, wo die klugen Leute wohnen, da soll er eine große Nummer sein. Sagt man zumindest. Aber Sie können sich ja selbst ein Bild machen. Im Museum drüben finden Sie ein paar seiner Arbeiten."

„Wann sperrt das Museum denn morgen Früh auf?", fragte ich.

„Es ist nur von zehn bis zwölf geöffnet. Dann muss die Frau, die die Eintrittskarten verkauft, wieder heimgehen und für ihre Kinder kochen, die um eins aus Lipnica aus der Schule kommen. Aber wenn Sie wollen, können Sie auch noch die letzte Nagelschmiede von Kropa besichtigen. Allerdings nur, wenn ich beim alten Marjan ein gutes Wort für Sie einlege. Sie ist weiter hinten im Tal und eigentlich nur an Wochenenden geöffnet. Wenn sich eine Touristengruppe anmeldet, dann facht Marjan das Feuer in seiner Esse an, und man kann zusehen, wie man früher Nägel geschmiedet hat. Warten Sie einen Augenblick, ich glaube, ich habe einen dabei."

Der Wirt kramte in seiner Rocktasche und zog ein kleines Papiersäckchen heraus, aus dem er ein winziges Gebilde von seltsamer Krümmung fischte, das wie ein kleiner Eisenhammer aussah, dessen Schaft nach unten spitz zulief.

„Früher steckte so etwas in jedem Schuh, der in Slowenien getragen wurde", sagte der Wirt und schenkte mir noch ein Glas von seinem Hausgebrannten nach. „Heute wird es nur noch an Touristen als Souvenir verkauft. So ein Nagel, in der Geldbörse getragen, soll reich machen, heißt es. Möchten Sie einen? Ich schenke Ihnen ein ganz besonders funkelndes Exemplar."

Ich sah das spitze, klobige Ding an und steckte es in meine Geldbörse zu den Münzen.

„Bevor man reich wird, besteht allerdings die Gefahr, dass man sich verletzt, wenn man eine Münze aus der Börse holt", sagte ich lachend.

„Das sollten Sie besser vermeiden", sagte der Wirt, den mein Einwand nicht sonderlich belustigte. „Diese Nägel rosten schnell, und wenn man sich sticht, so kann das eine schlimme Blutvergiftung abgeben. Aber notfalls müssen Sie eben zu unserer alten Dorfhexe gehen. Die braut Ihnen einen Trank aus Absinth und Belladonna. Der macht's wieder gut, darauf können Sie wetten. Die Alte ist zwar völlig weggetreten, aber ihre Mittelchen wirken besser als alles, was Sie in der Apotheke kaufen können."

Jetzt lächelte auch der Wirt.

„Nein danke", erwiderte ich. Da stecke ich den Nagel lieber gleich woandershin."

„Das wäre vielleicht vernünftig, lieber Herr. Nur werden Sie dann nicht reich. Sie müssen sich also entscheiden. Das Leben ist voll von derartigen Entscheidungen, und es ist nicht leicht, immer die richtigen zu treffen. Finden Sie nicht?"

Seit längerem schon war ich der einzige Gast in der Stube, weshalb ich mich verabschiedete. Ich stieg die Holztreppe in meine kleine Kammer hinauf, die mit den Segnungen einer modernen Hotellerie noch in keiner Weise in Kontakt gekommen war. Dafür verfügte meine Kammer über einen bemerkenswerten schmiedeeisernen Waschtisch, für den man das Wasser vom Gang holen musste. Durch das Fenster hörte ich das Rauschen der Kroparica, das mir im Verein mit dem aufkommenden Nachtwind wie ein tiefes menschliches Aus- und Einatmen vorkam, das allmählich zu einem einzigen, lang gezogenen Ton verschmolz. Abgesehen davon hörte ich bald nichts mehr.

Tags darauf tauchte die Morgensonne die alte Gewerkensiedlung in ein unwirkliches, stahlblau gleißendes Licht, das nur von ein paar warmen, glosenden Rottönen abgemildert wurde. Die zum Teil noch schindelgedeckten Walmdächer über den zwei-, zuweilen sogar dreistöckigen alten Gewerkenhäusern sorgten für schimmernden Glanz. Der bröckelnde Verputz ließ manche dieser Häuser aussehen, als würden sie von roten und blauen Äderchen durchblutet.

Ich ging die von vielerlei Schleusen und Wehren durchschnittene Kroparica abwärts zu dem hoch über den rauschenden Wassern aufragenden Haus, das mir mein Wirt beschrieben hatte und dessen Fassade von vielerlei winzigen, aber blumengeschmückten Fenstern durchbrochen war.

Hinter dieser Fassade befand sich im ersten und zweiten Stock das Schmiedemuseum, dessentwegen ich nach Kropa gereist war. Die noch ziemlich junge Frau, die ab zwölf für ihre Kinder kochen musste, verkaufte mir ein nach internationalen Maßstäben viel zu billiges Eintrittsbillet. Und wer immer auf die Idee gekommen sein mochte, mich als Konsulent für Museumsgestaltung zu konsultieren, war zwar an den falschen Mann, aber ganz sicher auf die richtige Idee gekommen. Man konnte etliche, allerdings schon reichlich verstaubte und vergammelte Dioramen über den Lebens- und Arbeitsalltag der alten Gewerken bewundern, und man sah allerlei, allerdings ohne rechte innere Logik an die Wände drapierte Arbeiten aus Schmiedeeisen, dazwischen zahlreiche Vitrinen, viele Urkunden und ein so genanntes Polyphon, das, wenn man es in Gang setzte, alte Marschmelodien von Blechplatten abspielen konnte. Es war allerdings keiner da, um es in Gang zu setzen. Die Frau, die mir mein Billet verkauft hatte, schien spurlos verschwunden zu sein.

Im zweiten Stock der Ausstellung gelangte ich schließlich in einen Nebenraum, mit dem ich in dieser Umgebung nicht gerechnet hatte. Kein Diorama, keine Urkunde und nicht einmal ein Stück Eisen befanden sich darin. Die Wände waren lediglich mit Schwarzweißfotografien alter Opernaufführungen und den dazu gehörigen Programmen behängt. Die meisten stammten aus Wien und von den Salzburger Festspielen der 50er Jahre des vorigen Jahrhunderts. Sogar die legendäre Fidelio-Aufführung, mit welcher die Wiener Staatsoper zehn Jahre nach dem Ende des Zweiten Weltkriegs unter Karl Böhm wieder eröffnet wurde, war genau dokumentiert.

Im Mittelpunkt all der Programme und Fotografien stand allerdings nur ein einziger Sänger: Anton Dermota, der heute wohl nur noch jenen eingefleischten Opernfans und Freunden historischer Schallplattenaufnahmen ein Begriff ist, zu denen auch ich mich zähle. Er war zu seiner Zeit unter Opernfreunden bekannter als heutzutage Rolando Villazón, Juan-Diego Flórez und Jonas Kaufmann zusammen, und mir war Anton Dermota vor allem deswegen ein Begriff, weil er auf der ersten eigenen Langspielplatte meines Lebens, die ich im Alter von zehn Jahren von meinem Großvater zu Weihnachten geschenkt bekam, den Tamino in Mozarts Zauberflöte sang. Ich habe diese Aufnahme heute noch im Ohr, und kein anderer, nicht Peter Schreier, nicht René Kollo, ja nicht einmal der große Fritz Wunderlich konnten Dermota in dieser Rolle auch nur das Wasser reichen. Alleine der Schmelz, mit dem er seine erste große Arie „Dies Bildnis ist bezaubernd schön" intonierte, hat sich tief in mein musikalisches Herz eingegraben und ist jederzeit abrufbar, wenn nur ein MP3-Player oder eine Stereoanlage zur Hand ist.

Was ich nicht wusste und einer der unter den Bildern angebrachten Texttafeln entnahm, war der Umstand, dass Anton Dermota in Kropa geboren worden war. Gewiss war mir sein leichter, trotz aller deutschen Wortdeutlichkeit durchschimmernder slawischer Akzent aufgefallen, doch ich hatte das stets für eine sanfte und höchst dezente Variante des berühmten Slezak'schen Böhmakelns gehalten. Dass Dermota ein, um nicht zu sagen der Sohn einer Hammerherrensiedlung in den slowenischen Alpen war, war mir völlig neu.

„O, der Herr interessieren sich für große Oper", sagte plötzlich eine Stimme hinter mir, während ich gerade in die Besetzungsliste einer Wiener *Così fan tutte* vertieft war, in der Dermota neben der wunderbaren Irmgard Seefried die Partie des Ferrando gesungen hatte.

Ein Zucken durchfuhr meinen Körper, als hätte mich inmitten dieses völlig einsamen Raums ein Gespenst erschreckt. Doch das Gespenst war ein nicht allzu groß gewachsener, schlanker Herr mit gepflegtem Schnauzer und tadellos sitzendem gestreiften Anzug, dem nur noch eine Fliege am Hemdkragen und ein Strohhut fehlten, um seinen Träger wie einen späten Nachfahren Giacomo Puccinis aussehen zu lassen.

„Gestatten, Stipe Vidić", stellte er sich vor und verneigte sich tief, allerdings nicht zu tief. „Es passiert nicht oft, dass Besucher unseres Museums länger im Dermota-Raum verweilen als in den Räumen, die den alten Radwerken und der Schmiedekunst gewidmet sind."

Der Name Vidić kam mir bekannt vor. Konnte es sein, dass ich ihn unter dem Schreiben, in dem mir die Gemeinde Kropa einen Konsulentenvertrag angeboten hatte, gelesen hatte?

„Sind Sie der Direktor dieses Museums?", fragte ich ohne Umschweife.

„Ach was, Direktor", sagte er lachend, „Direktor ist ein großes Wort für ein so kleines Museum in einem so abgelegenen Ort. Ich kümmere mich um dieses Kleinod, das wäre der richtige Ausdruck für meine Tätigkeit. Ich unterrichte Musik und Philosophie am Gymnasium in Radovljica, und heute ist mein freier Tag. Das Museum ist gewissermaßen meine Freizeitbeschäftigung. Gefällt es Ihnen?"

„Es ist ein interessantes Bauwerk und verfügt über einige reizvolle Exponate", sagte ich, um meine mangelnde Begeisterung wenigstens hinter einer höflichen Floskel zu verbergen.

„Sie sagen es", fuhr Stipe Vidić fort. „Ein wunderschöner Bau, aber das Museum bedürfte einer grundlegenden Erneuerung. Erst unlängst habe ich einen berühmten Professor in Wien angeschrieben und ihn um seine Mithilfe gebeten. Aber er hat sich nicht gemeldet. Sind Sie auch Österreicher?"

„Ja, aber ich bin kein Professor", erwiderte ich. Meine Lust, dieses Museum einer grundlegenden Neukonzeption zu unterziehen, hielt sich nach allem, was ich bis jetzt gesehen hatte, in Grenzen.

„Und Sie interessieren sich für alte Hammerwerke – oder eher für Opern."

„Für Opern", beeilte ich mich zu antworten, um mein bislang gewahrtes Inkognito keinesfalls zu lüften.

„Für Opern im Allgemeinen oder für Anton Dermota im Besonderen?"

„Anton Dermota zählt zu jenen, die meine Liebe zur Oper geweckt haben. Er war der erste Tamino meines Lebens. Und vielleicht geben Sie mir Recht, wenn ich behaupte, dass Mozarts Zauberflöte ein Initiationsritus für jeden wahren Opernfreund ist."

„Ich kann Ihnen da wirklich nicht widersprechen, mein Herr, ganz im Gegenteil: Ich bin entzückt. Von Opernfreund zu Opernfreund darf ich Ihnen jedoch mitteilen, dass die wahre Sehenswürdigkeit von Kropa leider nicht in diesem Museum ausgestellt werden konnte."

„Was ist die wahre Sehenswürdigkeit von Kropa?"

„Sie befindet sich in meinem Besitz, aber obwohl meine ganze Liebe dem Museum gehört, kann und will ich diesen Besitz dem Museum nicht überantworten. Der Gegenstand ist erstens viel zu wertvoll, und dann würden manche Besucher vielleicht auch – nun, auf falsche Gedanken kommen."

„Jetzt machen Sie mich aber neugierig."

„Genau das ist auch meine Absicht. Ich will allerdings niemanden neugierig machen, der sich mir nicht zuvor als wahrer und überzeugter Opernfreund und vor allem als Liebhaber von Anton Dermota zu erkennen gegeben hat, oder, um es präziser zu sagen: von Anton Dermotas Stimme."

„Wo ist sie denn zu besichtigen, diese ‚wahre' Sehenswürdigkeit von Kropa?"

„In meinem Haus, es liegt aber nicht weit von hier."

Daher wehte also der Wind, dachte ich. Der Herr Gymnasiallehrer wollte sein karges Salär ein wenig aufbessern, indem er Touristen etwas ganz Besonderes versprach und dafür privat ein zweites Mal Eintrittsgeld kassierte.

„Und was soll es kosten, diese wahre Sehenswürdigkeit zu besichtigen?", fragte ich mit einem leicht amüsierten Unterton.

„O, Sie beleidigen mich, mein Herr!" widersprach mir Stipe Vidić, und seine Entrüstung schien aufrichtig zu sein. „Was ich Ihnen zu zeigen habe, könnte mit keinem Geld der Welt bezahlt werden, also zeige ich es Ihnen selbstverständlich aus purer Wertschätzung des Interesses, das Sie soeben für Anton Dermota bekundet haben."

Zerknirscht folgte ich ihm die Stiegen hinab und die engen Gassen von Kropa entlang bis zu einem schmalen Gebäude am Ortsrand, das eher einem Turm als einem Gewerkenhaus glich.

Vidić schloss die schwere Eisentür, aus der ein seltsam verschlungenes Hauszeichen reliefartig hervortrat, mit einem Petrusschlüssel auf, der wohl auch das Himmelreich geöffnet hätte. Und tatsächlich war, was ich nun sah, ein Himmelreich für jeden Musikfreund. Alle drei Stockwerke waren mit Grammophonen, Tonbandgeräten, Kassettenrekordern, 16 mm- und Super-8-Projektoren, alten Röhrenradios und Hi-Fi-Anlagen aus den 60ern und 70ern gefüllt. Dazwischen fanden sich auch mehrere Videorecorder und VPS-Abspielgeräte sowie einige CD-Player jüngeren Datums. Die Hohlräume zwischen all diesen Geräten waren mit Hundertschaften von alten Langspielplatten, Schellacks, Magnetophonbändern, Filmrollen und allen nur denkbaren anderen Tonträgern so gedrängt gefüllt, dass in den beiden Turmzimmern, die durch eine kleine, spindelförmige Treppe miteinander verbunden waren, nicht das kleinste Stückchen Wandverputz zu sehen war, da Vidić jede noch so kleine Ritze für seine archivarische Tätigkeit genützt hatte.

„Finden Sie hier überhaupt noch einen Platz zum Schlafen?“, fragte ich, schon wieder etwas süffisanter, als ich es eigentlich wollte.

„Ich habe mir einen kleinen Wohn- und Schlafraum im Kellergewölbe eingerichtet, über dem dieser musikalische Turm errichtet ist, mein Hi-Fi-Turm von Babel, wie ich ihn gerne nenne.“

„Und Sie verlieren niemals den Überblick über alles, was Sie da gesammelt haben?“

„Sagen Sie den Titel irgendeiner Opernarie, die Ihnen gerade einfällt“, forderte mich Vidić mit siegessicherem Gehabe auf.

„Wie wär's mit *Può l'onore riempirvi la pancia*?“, antwortete ich mit dem ersten Arientitel, der mir gerade in den Sinn kann.

„O, der Herr hat es mit der Ehre?“, antwortete Vidić. „In der Tat eine leichte Übung.“ Und schon ertönte Falstaffs Suggestivfrage, ob die Ehre denn den Magen füllen könne, in der großartigsten aller Interpretationen, nämlich in jener von Tito Gobbi, und kaum war diese beendet, erschien auf einem der Bildschirme der nicht minder große Cesare Siepi mit derselben Arie in einem Mitschnitt der legendären Salzburger Inszenierung aus dem Jahre 1972.

„Ich könnte Ihnen selbstverständlich auch noch Sir Geraint Evans, Ferruccio Furlanetto bieten, Karl Ridderbusch nicht zu vergessen. Aber wir wollen Ihre wertvolle Zeit nicht mit musikalischen Petitessen vergeuden. Mein Turm ist höher, als er scheint. Wir müssen auch noch zu seiner Spitze aufsteigen.“

Mit diesen Worten öffnete Vidić eine in die Decke des oberen Raumes eingelassene Falltüre, aus der sich eine Treppe herabsenkte. „Und nun“, sagte er feierlich, „ins Allerheiligste. Auf zu Anton Dermota!“

Das winzige Turmstüberl, in das mein Gastgeber mich nun führte, war im Gegensatz zu den darunter liegenden Räumen nahezu völlig leer. Nur ein altarähnlicher Tisch stand in der Mitte, auf dem sich ein kleiner Schrein befand, der aussah, als hätte Vidić den Tabernakel aus einer der umliegenden Dorfkirchen entwendet.

Links neben dem Schrein stand ein golden gerahmtes Schwarzweißbild, das Anton Dermota im Kostüm des Tamino mit der Zauberflöte in der Hand zeigte. Rechts daneben stand ein relativ neuer CD-Player mit zwei integrierten Boxen. Sonst enthielt der durch drei schießschartengroße Fenster nur sehr matt erleuchtete Raum gar nichts.

Immer noch feierlich schritt Stipe Vidić an das Gerät, drückte eine Taste, und nun sang – was mich nicht besonders überraschte – Anton Dermota. Schon mehr verblüffte mich, dass er die Auftrittsarie des Tamino just in „meiner“ Aufnahme sang. Denn es spielten unzweifelhaft die Wiener Philharmoniker, und am Pult stand, unüberhörbar, der junge Herbert von Karajan.

„Ich persönlich ziehe ja Karl Böhm vor“, sagte Vidić. „Aber betrachten Sie es als eine Courtoisie von meiner Seite, dass ich Ihren ersten Tamino spiele und nicht meinen liebsten.“

„Böhm ist Ihnen lieber als Karajan?“, fragte ich.

„Ja, ich bin tatsächlich dieser Meinung“, erwiderte er. „Doch was beide Aufnahmen für mich leidvoll verbindet, ist, dass es sich um bloße Konserven handelt, um Kunstprodukte der Tontechnik, die Dermotas Stimme nicht einmal annähernd wiedergeben können.“

„Das ist nun leider einmal der Lauf der Welt", sagte ich achselzuckend. „Nicht nur Menschen, auch Stimmen sind endlich."

„Nicht unbedingt", widersprach Vidić und öffnete seinen Schrein, der in seinem Inneren ein Rexglas barg, in dem sich ein ähnlich verschlungenes Gebilde befand, wie jenes, das die Eisentüre zu Vidićs Turm geziert hatte.

„Ich habe viel Geld dafür bezahlt, um an diesen Schatz zu kommen", sagte Vidić, der seinen Kopf, als stünde er in einer Kirche, gesenkt hatte. Alle meine Ersparnisse hat es mich gekostet, um den jungen Medizinstudenten in der Wiener Anatomie davon zu überzeugen, dass er der Musikwelt einen Dienst erweisen musste, den ich noch heute für unbedingt nötig halte. Sie werden mir gleich Recht geben. Konzentrieren Sie sich bitte und hören Sie genau hin."

Ich wusste nicht recht, ob ich lauthals auflachen oder einfach weggehen sollte. Doch ich blieb wie erstarrt stehen und vermochte mich nicht vom Fleck zu bewegen. Aus dem Tabernakel strömte der stechende Geruch von Formalin. Und plötzlich hörte ich, ohne jede orchestrale oder Klavierbegleitung, Anton Dermota den Tamino singen, als stünde er direkt neben mir:

Dies Bildnis ist bezaubernd schön,
wie noch kein Aug es je gesehn.
Ich fühl es, ich fühl es,
wie dies Götterbild
mein Herz mit neuer Regung füllt.

Bis heute klingt Dermotas Stimme in mir nach.

Das Angebot, als Konsulent des Schmiedemuseums in Kropa tätig zu sein, habe ich jedoch unmittelbar nach meiner Heimkehr nach Wien brieflich abgelehnt.

Die Göttin von Blejski Otok

Während meines nun schon recht lange zurückliegenden Archäologiestudiums in Wien verdiente ich mir bei einem dazumal recht bekannten Bildbandverlag ein kleines Zubrot, indem ich für damals recht bedeutende Autoren ethnologische Vorrecherchen aller Art, vorzugsweise über Themen aus Mittel- und Osteuropa, anstellte. Eine besonders groß angelegte Recherche widmete ich damals dem Phänomen, dass nahezu alle wichtigen katholischen Wallfahrtskirchen des Alpenraums unmittelbare Nachfolgerinnen altslawischer oder keltischer, in jedem Fall aber heidnischer Quellen-, Baum- und Steinheiligtümer sind.

Meine Reise führte mich damals zu den Madonnen von Maria Einsiedeln und Altötting ebenso wie zum alten Thor-Heiligtum von St. Wolfgang oder nach Meransen in Südtirol, wo ich die drei heidnischen Göttinnen als Heilige verkleidet in einem Altarschrein fand. Es konnte daher nicht ausbleiben, dass ich auch der altslawischen Liebes- und Fruchtbarkeitsgöttin Živa einen ausführlicheren Besuch abstattete. Ihr wichtigstes Heiligtum lag schon in vorchristlicher Zeit auf einem Basaltkegel, dessen Spitze als Insel aus dem Bleder See am Fuße der Julischen Alpen ragte.

Živa ist eine jener zahlreichen alten Liebes- und Fruchtbarkeitsgöttinnen, die mir aufgrund der damit verbundenen Mythen alle auf die eine oder andere Weise miteinander verwandt zu sein scheinen, ob sie nun Isis, Vesta, Frigg, Noreia, Lilith oder eben Živa heißen. Ihnen allen war auch gemeinsam, dass sie aufgrund der tiefen Verankerung der mit ihnen verbundenen Kulte in der Bevölkerung den ersten christlichen Missionaren des Mittelalters ein besonderer Dorn im Auge waren. Doch die meisten Missionare damals waren klüger, als man heute denkt. Sie übernahmen nämlich die alten Göttinnen, wie man einen alten Rebstock zum Keimen bringt, und pflanzten ihm als neues Reis die Gottesmutter Maria auf. Die Äußerlichkeiten des Kults änderten sich dadurch kaum. Nach wie vor wetzten Frauen, die schwanger werden wollten, ihren Unterleib an heiligen Steinen, legten aus Wachs oder Schmiedeeisen geformte innere Organe auf die Altäre, um diese vor Erkrankung zu schützen oder um deren Heilung zu erbitten. Oder man schluckte kleine Bildchen mit dem Antlitz der Göttin, die jetzt eben eine Madonna war. Und statt heidnischer Beschwörungsformeln murmelte man das Avemaria in Endlosschleife dazu.

Als ich damals – es war kurz nach Beginn der postkommunistischen Ära – im noch ziemlich vergammelten, dafür aber absolut leistbaren und daher vom Verlag gerade noch bezahlten Grand Hotel Toplice abstieg, blieb ich länger als geplant und entdeckte eine Liebe zu diesem verwunschenen See im Schatten einer hoch aufragenden Ritterburg und den zauberhaft dahindämmernden alten Villen und Kurhotels aus der Donaumonarchie. Meine Recherchen gingen trotz meiner mangelnden Kenntnisse des Slowenischen flotter voran als ich dachte. Denn das Bleder Fremdenverkehrsamt hatte eine junge Dame namens Libuše für mich abgestellt (an ihren Nachnamen erinnere ich mich nicht mehr), die nicht nur ausgezeichnet Deutsch sprach, sondern auch ausgebildete Ethnologin war und mich in alle Geheimnisse der Bleder Volkskultur und des damit eng verbundenen Aberglaubens der Krajina einführte. Libuše war so klug wie hübsch, um nicht zu sagen bildschön; und das eng anliegende Raulederkostüm, das ihre Figur mehr als nur erahnen ließ, war neben dem frischen, wilden Charme, den sie freigiebig nur so versprühte, wohl der einzige wahre Grund, warum ich die Notwendigkeit zusätzlicher Recherchen vorschützte und statt der geplanten zwei Tage fast eine ganze Woche am Bleder See verbrachte. Libuše und ich speisten einige Male zusammen, und einmal lud sie mich sogar in ihre Wohnung zum Essen ein. Ich erinnere mich heute noch daran, dass sie damals ganz köstliche Schweinerippchen für mich gekocht hat.

Libuše war keine Slowenin, sondern eine aus Sarajevo gebürtige Bosnierin. Als Muslimin hatte sie, wie ich bald herausfand, auf die katholischen Wallfahrtsbewegungen im Alpenraum einen zwar distanzierten, aber dafür umso klareren Blick. „In Bosnien gibt es nur aufgeklärte Muslime“, sagte sie. „Da findet man keine verschleierten Frauen, und viele von uns essen sogar Schweinefleisch, wie überall am Balkan. Dennoch hänge ich, wie viele Bosnierinnen, mit Leidenschaft an unserer alten Religion, die wir schon vor so vielen Jahrhunderten angenommen haben. Nur um zwei Dinge beneide ich euch Katholiken: Das eine ist die Beichte, denn die scheint mir aus psychohygienischer Sicht ziemlich praktikabel zu sein. Das andere ist eure Madonna. Fast alle Religionen, die ich kenne, haben eine Muttergottheit, nur wir Muslime nicht. Das ist vielleicht auch ein Grund, warum Nicht-Muslime uns für kriegerischer und kantiger halten, als wir wirklich sind. Gerade die bosnischen Muslime sind weich, nachdenklich und sanft, und vor allem können sie einander ununterbrochen Geschichten erzählen. In jeder bosnischen Frau steckt eine kleine Scheherazade.“

Libuše verdankte ich auch meine erste Begegnung mit der Glücksglocke auf der Insel von Blejski Otok. Obwohl ich das damals völlig lächerlich fand, bestand sie darauf, dass ich daran ziehen und mir dabei etwas wünschen sollte. „Aber wünschen Sie sich etwas Gescheites, nicht so einen Unsinn wie die meisten Männer, nicht Geld oder Besitz, kein dickes Auto und auch nichts, was mit Ihrer Karriere zu tun hat. Das Glücksglöcklein hilft nur, wenn es um Liebe oder Gesundheit geht – und um die ewige Seligkeit." Libuše lachte aus ganzem Herzen, als sie das sagte.

„Also, was soll ich mir wünschen?", fragte ich.

„Wünschen Sie sich eine schöne Frau und gesunde Söhne", schlug sie vor.

„Töchter wären mir lieber", erwiderte ich. „Bei Söhnen fürchte ich die Konkurrenz. Ich wünsche mir also eine schöne Frau und ..."

„Pst!" sagte Libuše leise und legte ihren Zeigefinger auf meinen Mund. „Man darf nicht aussprechen, was man sich wünscht. Sonst geht es nicht in Erfüllung."

Fast zwanzig Jahre später saß ich mit Valeria, meiner schönen Frau und jenen beiden äußerst wohlgeratenen jungen Damen, zu denen sich meine beiden Töchter mittlerweile entwickelt hatten, in einer jener aus Fichtenholz gezimmerten, mit bunt gestreiften Sonnensegeln überdachten, *Pletne* genannten Zillen, um mich nach Blejski Otok rudern zu lassen, wo ich nach so vielen Jahren erneut am Glücksglöcklein ziehen wollte. Ich hatte vor, die Madonna von Blejski Otok, an deren Wunderkräfte ich, obwohl sich mein letzter Wunsch tatsächlich erfüllt hatte, nicht so recht glaubte, meiner Frau und meinen Töchtern zu zeigen und auch ihnen die Chance zu geben, am Wunschglöcklein zu ziehen.

Das Erste, was ich nach dem Aufstieg über neunzig Treppen auf dieser frommen Insel sah, war erstaunlicherweise nicht die Madonna, sondern der Teufel selbst. Ich konnte mich beim besten Willen nicht erinnern, ihn damals schon, als ich mit Libuše hier gewesen war, gesehen zu haben. Dabei fahndete ich damals aus wissenschaftlichem Interesse geradezu nach Dämonendarstellungen an geweihten Orten.

Der Teufel zeigte sich auf dem Relief einer Tür, die leider versperrt war und wohl in eine Zisterne oder ein unterirdisches Magazin führen musste. Luzifer zeigte sich in Gestalt eines Drachens, dessen Flügel ebenso mit offensichtlich erst im Zuge der jüngsten Renovierung neu aufgelegtem Blattgold verkleidet waren wie die Spitze seines langen, geringelten Schweifs. Der Kopf des Drachens hatte etwas Wölfisches an sich. Auch die Augen leuchteten, genauso wie das Gebiss, in glänzendem Gold. Der Drache hockte zwar noch auf seinen beiden Hinterfüßen, setzte aber deutlich zum Sprung an und war, wie seine lüstern geöffnete Schnauze verhieß, willens, die nächstbeste Seele, derer er habhaft werden konnte, für alle Ewigkeit zu verschlingen.

Rein ikonographisch betrachtet, war diese Darstellung nicht weiter verwunderlich. Dämonendarstellungen wie diese finden sich, allerdings meist in Skulpturform, auf fast allen gotischen Kathedralen Europas, wo sie praktischerweise als Wasserspeier für das vom Mauerwerk abfließende Regenwasser dienen, aber auch symbolisieren sollen, dass den bösen Geistern der Eintritt ins Innere der Kathedrale verwehrt war. Der tiefere Sinn dieser Darstellungen schien mir jedoch immer zu sein, dass gerade das Gute auf der Welt einer immer wachen Erinnerung an das Böse bedarf, ganz ähnlich wie auch eine zuckersüße Mehlspeise immer eine Prise Salz braucht.

Eine Prise Bittersalz würzt übrigens auch die fromme Legende vom Wunschglöcklein, das nun schon seit mehreren Jahrhunderten Abertausende Wallfahrer über die smaragdgrünen Wasser des Bleder Sees lockt. Die ursprünglich für den Kapellenturm geplante Glocke soll viel größer und schwerer gewesen sein, als sie im Spätmittelalter in Begleitung einer großen Pilgerschar auf einer Riesenplätte im Festzug über den See zu ihrem Bestimmungsort geleitet wurde. Doch als im Laufe der Prozession ein Gewitter aufkam und der See sich plötzlich nicht mehr von seiner azurblauen und spiegelglatten, sondern von seiner stürmischen Seite zu zeigen begann, sank die Plätte mitsamt der Glocke und 126 Pilgern, die damals den Tod in den Wellen fanden.

Lange blieb die Kapelle in stummer Trauer glockenlos. Erst mehr als ein Jahrhundert später wurde vom Vatikan eine neue, diesmal wesentlich kleinere Glocke nach Bled geschickt, von der man hoffte, sie würde den Pilgern in Zukunft mehr Glück bringen. Was offensichtlich auch der Fall gewesen war. Denn der Geschichten von Wünschen, die nach dem Läuten der Bleder Glücksglocke tatsächlich in Erfüllung gingen, sind unzählige.

„Wünscht euch was Ordentliches", zitierte ich Libuše lachend vor meiner Frau und meinen beiden Töchtern. „Aber ihr dürft euch keine materiellen Dinge wünschen. Nur Wünsche, die mit der Liebe, der Gesundheit und mit der ewigen Seligkeit zu tun haben, gehen in Erfüllung."

Meine beiden mitten in der Pubertät stehenden und daher für solchen Aberglauben noch durchaus anfälligen Töchter bimmelten lange – und mit ernsten Gesichtern. Auch Valeria bimmelte, allerdings mit einem Lachen, das noch heller klang als das Glockengeläut.

„Du musst auch läuten", sagte Valeria.

„Ich habe doch schon geläutet und mir dich und die Kinder gewünscht. Man soll sein Glück nicht überstrapazieren."

„Du kannst dir ja was für uns wünschen", sagten die Töchter. „Zum Beispiel, dass wir ..."

„Pst, man darf seine Wünsche niemals aussprechen, sonst gehen sie nicht in Erfüllung", sagte ich und beschloss, mir für meine Familie ein glückliches und gesundes Leben zu wünschen. Doch als ich gerade im Begriff war, am Glockenseil zu ziehen, erschien plötzlich wieder die Tür mit der Teufelsfratze vor mir, und ich dachte nur einen Augenblick lang daran, was sich hinter dieser Türe wohl verbergen mochte.

Exakt in diesem Augenblick bimmelte das Glöckchen und ich stand vor der schweren schwarzen Tür mit den Messingbeschlägen und dem Luzifer-Relief, die sich im Gegensatz zu vorhin ganz leicht öffnen ließ. Sie führte in ein schmales Stiegenhaus mit einer engen Wendeltreppe, an deren Stahlgeländer ich mich hinunterhantelte. Plötzlich fand ich mich auf einem Marktplatz wieder, der offensichtlich irgendwo im Orient lag.

Viele bunt gekleidete Menschen schnitten, hackten und filetierten auf dicken Holzplatten herum, die auf Böcke aufgelegt waren. Etwas weiter hinten standen ein paar Menschen auf einer Tribüne und ließen sich von einem Mann mit einer schwarzen Maske über dem Gesicht verstümmeln. Dem einen hackte er nur einen Finger, dem nächsten die ganze Hand, einem dritten sogar einen Arm ab. Doch das spielte sich wie gesagt im Hintergrund ab, und die damit wohl oder übel verbundenen Schreie verhallten im allgemeinen Geräuschpegel der Halle, unter deren maurischen Spitzbogenarkaden hinter Luftgittern auch Kaffee ausgeschenkt und Wasserpfeifen geraucht wurden.

Mitten im Markttrubel traf ich Libuše, die auf einem seidenen Polster auf dem Boden saß und nunmehr statt des ledernen Kostüms, in dem ich sie zuletzt gesehen hatte, einen langen schwarzen Spitzenrock trug. Ihre schlanke Figur hatte sich seither nicht im Geringsten verändert, und auch Libušes Gesicht schien um keinen Tag älter geworden zu sein. Nur ihr Haar trug sie jetzt kurz wie die US-Marines oder wie jemand, der gerade eine Chemotherapie durchgemacht hatte. Was es auch sein mochte: Ihre feinen Züge wirkten strenger, als sie mir in Erinnerung waren. Außerdem spielte sie auf einer Piccoloflöte ein schlichtes, aber ziemlich trauriges Lied.

„Was machst du denn hier?", fragte ich, und Libuše antwortete, dass sie an der Wunschglocke gezogen und sich die ewige Seligkeit gewünscht hatte.

„Wir könnten uns gemeinsam etwas zu essen machen wie damals vor zwanzig Jahren", schlug Libuše vor. Der Markt sei gut hier, man könne sich von allem eine Scheibe abschneiden. Sie legte die Flöte aus der Hand und erhob sich von ihrem Seidenpolster, ja, ihre gute Figur hatte sie sich wirklich über all die Jahre erhalten, nur der Knopf in der Mitte des Blousons spannte nicht mehr so wie einst. Sie war noch schlanker geworden.

Der Mann mit der Maske auf dem Gerüst war mittlerweile mit den Verstümmelungen fertig und machte sich daran, den ersten Kopf abzuschlagen.

„Du musst ja nicht hinsehen", sagte Libuše, die meine Irritation bemerkte, und zog mich durch die Menge zu einem Fleischertisch, auf dem sich Schweinerippen stapelten.

„Schweinerippchen auf einem muslimischen Markt?", fragte ich verwundert.

„Sie sind hier sehr tolerant, wenn sie nicht gerade jemandem den Kopf abschlagen", sagte Libuše. „Schweinerippchen sind bei uns in Bosnien erlaubt. Ich schneide uns welche ab."

Sie griff zu einem langen, scharfen, aber an der Schmalseite abgerundeten Messer, wie man es in den friulanischen Bergen zum Schinkenschneiden verwendet, und zog damit die Fleischschicht eines Rippenspeers ab.

„Das sollte für uns beide reichen", sagte sie und musterte mich dabei von Kopf bis Fuß. „Du hast zugelegt in den letzten Jahren, Mario."

Ich war überrascht, dass niemand sie daran hinderte, die fleischige Speckseite herabzuschneiden und die Knochen zurückzulassen, ohne dafür zu bezahlen. Doch niemand bezahlte hier.

„So dünn, wie du es abgeschnitten hast, wird das Fleisch nicht für uns beide reichen“ sagte ich und nahm Libuše das Messer aus der Hand. Nun fitzelte auch ich noch eine Speckseite ab, und das Fleisch schnitt sich so angenehm weich, wie es wohl auch schmecken würde.

„Ich schlage vor, wir gehen zu mir“, sagte Libuše.

„Es geht nicht“, erwiderte ich, „Valeria wartet mit den Töchtern.“

„Ich verstehe“, erwiderte Libuše mit traurigen Augen und nahm mir die Speckseite ab, um sie in Butterpapier zu wickeln.

„Ich könnte anrufen und sagen, dass ich später komme, weil ich eine alte Freundin getroffen habe. Valeria würde das verstehen“, schlug ich vor.

„Sag lieber, du hättest einen alten Freund getroffen. Ich kenne die Frauen, ich bin selber eine“, erwiderte Libuše spitz.

Ich griff zu meinem Handy und versuchte auf dem Display V wie Valeria zu drücken, doch es erschien ein anderes Programm als gewöhnlich. Das neue Programm war sehr kompliziert, und ich kannte mich dabei nicht aus. Ich drückte und drückte, dabei erschienen immer wieder neue Tabellen und Zahlenkolonnen, nur die Nummer von Valeria wollte und wollte nicht auf dem Display erscheinen.

„Werfen Sie das Handy weg, es ist Schund. Kein Mensch verwendet heutzutage so ein altmodisches Gerät”, sagte der junge Mann, der in einem tadellos sitzenden Business-Anzug unter all den Marktbesuchern in ihren langen, wallenden Kaftanen wie nackt aussah.

Seine Krawatte, die im selben Farbton wie der smaragdgrüne Bleder See gehalten war, schmückte ein aufgestickter Erdball.

„Ich bin der Vertreter von Globus-Handys, wenn ich mich vorstellen darf. Sie brauchen nur Ihr altes Handy wegzuwerfen, und ich biete ich Ihnen stattdessen ein neues, das Sie glücklich machen wird."

„Nun wirf es schon weg, Mario“, sagte Libuše, „so entscheidungsschwach kenne ich dich ja gar nicht.“

„Werfen Sie es einfach in den Fluss dort unten“, sagte der Globus-Vertreter, „gleich hinter den Wasserpfeifen.“

Ich durchquerte das Luftgitter, hinter dem die Männer ihre Wasserpfeifen rauchten, während der Mann in der Maske hinten am Gerüst seinen ersten Kopf am blutüberströmten Haarschopf über die Menge hob und ihn anschließend in einen Korb fallen ließ. Draußen, gleich hinter den Arkaden, rauschte ein Fluss, den man durch ein spitzbögiges Fenster sehen konnte Ich warf mein Handy ins Wasser und sah ihm nach, wie es in den Fluten verschwand, in denen allerlei seltsames Getier zappelte.

„Darf ich Ihnen Ihr neues Handy überreichen?“ sagte der Globus-Vertreter feierlich.

Auf meinem neuen Handy ließen sich per Knopfdruck die Welten wechseln, was mich außerordentlich faszinierte. Alles Mögliche konnte ich damit tun, nur eines nicht: Valeria anrufen.

„Das Handy funktioniert nicht, es ist Schrott“, sagte ich daher zum Globus-Vertreter und warf auch das neue Gerät in den reißenden Fluss.

„Sie haben den Globus-Konzern bestohlen“, sagte der Globus-Vertreter. „Ich werde Sie anzeigen, und sie werden zumindest vier Ihrer fünf Finger verlieren. „Seien Sie froh, dass ich Ihnen nicht unser Luxusmodell angeboten habe, denn sonst wäre die ganze Hand weg.“

Er winkte einen der Büttel herbei, die mit Krummschwertern unterhalb der Tribüne standen, auf der der Maskenmann soeben seinen zweiten Kopf bearbeitete.

„Du brauchst ihn nicht ernst zu nehmen“, sagte Libuše. „Du siehst ja, dass er schon beim Köpfen ist, Finger kommen erst morgen wieder dran, und da bist du schon lange wieder weg.“

Der Büttel mit dem Krummschwert war mir schon gefährlich nahe gekommen, doch Libuše schnappte sich, abermals ohne zu bezahlen, die Speckseiten im Fettpapier mit der einen und mich mit der anderen Hand. Dann zog sie mich durch die Menge, an den Wasserpfeifen vorbei, zum Ausgang. „Was morgen ist“, sagte sie, „soll uns nicht kümmern, heute werden wir gemeinsam essen und uns lieben.“

„Ich habe nur bis zum Mittagessen Zeit, und es ist schon nach elf“, sagte ich.

„Vielleicht sollte ich die Schweinsrippchen noch etwas schärfer würzen als letztes Mal“, erwiderte Libuše. Sie zog eine riesenhafte Chilischote aus ihrer Handtasche, die unter ihren Händen noch zu wachsen schien und in der Sonne, in der ich plötzlich stand, in strahlendem Ziegelrot glänzte.

Ich blickte mich in der Menge, die sich rund um mich versammelt hatte, nach einem Taxi um, fand aber keines. Nur ein mit einem Außenbordmotor ausgestatteter Zeiselwagen fuhr vorbei. Der Fahrer winkte mir höflich einzusteigen. Es handelte sich um ein Sammeltaxi.

Auf dem Wagen bemerkte ich, dass ich von einem halben Dutzend Kinder umgeben war, die in der orangefarbenen Tracht tibetischer Mönche gekleidet waren.

„Das sind die Prinzen und Prinzessinnen von Samarkand“, erklärte mir der Fahrer, der, wie es sich für einen königlichen Fahrer gehörte, eine schwarze Kappe mit einem aus Goldfäden gestickten Wappen und eine Livree mit goldenen Tressen trug, die auf seinen hohen militärischen Rang verwiesen.

„Seine Majestät, der König von Samarkand, ist auch an Bord“, sagte der Fahrer ehrfürchtig und faltete die Hände, ohne dabei, wie ich befürchtet hatte, die Gewalt über den Wagen zu verlieren.

Ich sah mich um und erblickte über die kleinen Chinesenköpfe hinweg, im hinteren Teil dieser seltsamen Stretchlimousine einen bis auf einen goldenen Lendenschurz völlig nackten Mann. Er suhlte sich auf einem Tigerfell. Vom vorderen Teil des Wagens und damit auch von seinen Kindern trennte ihn eine geräumige Badewanne. In diese ließ sich der König von Samarkand auch von Zeit zu Zeit fallen, um sich nach einem erfrischenden Gepritschel wieder auf seinem Fell auszubreiten und von der Sonne bescheinen zu lassen, deren Strahlen durchs Wagendach einfielen.

Ich war zwischen zwei kleinen Prinzen zu sitzen gekommen, die mit Stofftieren spielten. Die Stofftiere entpuppten sich bei näherem Hinsehen als kleine Hummer. Einer der beiden Prinzen ließ mich sein Stofftier angreifen, es fühlte sich nach echtem Hummer an.

„Wohin darf ich Sie fahren?“, fragte der Chauffeur.

„Sie können mich irgendwo aussteigen lassen, Sie müssen mich nicht nach Hause bringen“, erwiderte ich höflich.

„Doch, doch“, sagte der Fahrer. „Mein Herr, der König von Samarkand, würde darauf bestehen, Sie persönlich nach Hause zu bringen, er ist sehr gastfreundlich.“

Ich drehte mich um, und der nackte König winkte mir freundlich zu, und nun hatte auch er einen Hummer in der Hand, den er in seine Badewanne gleiten ließ, in der, wie ich nun erst bemerkte, das Wasser kochte.

Nun warfen auch die kleinen Prinzen ihre Hummer in das kochende Wasser, und der König von Samarkand machte sich daran, eine Flasche Dom Pérignon zu köpfen.

„Trinken Sie einen Schluck mit uns“, sagte der König freundlich und reichte mir ein Glas quer über den Pool kochenden Wassers hinweg. Ich griff nach dem Champagnerglas und sah, dass die kleinen Hummer im Wasser keineswegs gegart wurden, sondern zu einem einzigen, riesengroßen Hummer mit einem leuchtend roten Panzer und gleißenden, ziegelroten Scheren zusammenwuchsen, die mich an Libušes riesige Chilischoten erinnerten.

Der Hummer schnappte mit einem seiner beiden knallroten Apparate nach mir und hätte mich um ein Haar an meinem Fuß erwischt, den er mir in diesem Fall mit Sicherheit vom Bein getrennt hätte, so scharf waren die Scheren.

Neben dem König von Samarkand saß nunmehr der Scherge mit dem Krummsäbel und redete, wild gestikulierend, auf ihn ein.

„Geben Sie mir den Champagner zurück, mein Herr", sagte der König. „Sobald mein Gespräch zu Ende ist, werde ich ausgiebig Gelegenheit haben, Sie und Ihr Verhalten zu kritisieren."

Während er dies sagte, war seine Nacktheit einer blauen Mao-Uniform gewichen. Der Häscher winkte mir mit seinem Krummsäbel, und der König von Samarkand winkte mit einem kleinen roten Buch zurück, das er aus seiner Rocktasche zog.

Ich fühlte mich bedrängt und hatte das Gefühl, dass ich dem drohenden Unheil nur schwimmend entkommen konnte. Ich stürzte mich also in die blubbernd kochenden Fluten der königlichen Wanne, spürte den Schmerz, den mir das siedende Wasser zwangsläufig bereiten musste, jedoch nicht im Geringsten. Ich tauchte vielmehr unter dem Panzer des Riesenhummers durch und fand mich in dem Fluss wieder, in den ich mein altes Handy geworfen hatte.

Ich wollte nach meinem alten Handy tauchen, doch es entglitt mir immer wieder aufs Neue. Als ich aus dem Wasser wieder auftauchte, fand ich mich am Fuß der neunzig

Stufen wieder, die hinauf zur Wallfahrtskirche von Blejski Otok und der geheimnisvollen Tür mit dem Teufelsdrachen führten, dessen Umschlingung ich mich soeben mit letzter Kraft entzogen hatte. Ich versuchte die Treppe ein zweites Mal an diesem Tag zu erklimmen, doch es wollte mir nicht gelingen. Kaum hatte ich ein paar Treppen überwunden, rutschte ich wieder in Richtung See zurück, vermied es aber mit Bedacht, dessen spiegelglatte Oberfläche auch nur mit einer meiner Zehenspitzen zu berühren.

Ich erwachte in meinem Hotelzimmer, das völlig abgedunkelt war. Neben mir saß Valeria und legte mir einen kühlenden Umschlag auf.

„Du hast uns ganz schön erschreckt“, sagte meine Frau. „Ich fürchtete schon, du hättest einen Herzinfarkt erlitten, als du an der Glockenschnur gezogen hast. Doch der Notarzt meinte, es sei nur eine Kreislaufschwäche. Er kenne das von vielen Kurgästen, die, sobald der Alltagsstress von ihnen abfalle, einen solchen Zusammenbruch erlitten. Er hat dir eine Spritze verabreicht und meinte, du solltest dich ein paar Tage lang schonen.“

„Ich bin hungrig“, erwiderte ich. „Ich weiß nicht warum, aber ich habe einen unbändigen Appetit auf Schweinerippchen.“

„Der Zimmerservice wird dir welche bringen“, sagte Valeria. „Ich glaube, es stehen welche auf der Karte.“

Ich aß meine Schweinerippchen mit dem größten Gusto und schlief danach wieder ein. Als ich mich – ich weiß nicht nach wie vielen Stunden oder Tagen – wieder kräftig und tatendurstig fühlte, spazierte ich hinüber ins Fremdenverkehrsamt und fragte nach Libuše.

Niemand hatte je von ihr gehört. Ich wollte das Fremdenverkehrsamt schon enttäuscht wieder verlassen, als mir unmittelbar an der Eingangstür ein alter Hausdiener über den Weg lief, der sich gerade anschickte, eine der ramponierten Flügeltüren einzurenken.

„Sie arbeiten hier?“, fragte ich ihn.

„Gelegentlich. In Wahrheit bin ich schon lange in Pension. Nur hin und wieder, wenn Not am Mann ist, da rufen sie mich noch an, und ich helfe für ein paar Euro aus.“

„Dann erinnern Sie sich vielleicht an eine Dame namens Libuše, die früher einmal hier gearbeitet hat. Es muss schon ziemlich lange her sein.“

Die wettergegerbten und von den Freuden eines offensichtlich schon sehr lange währenden Lebens bereits ziemlich entwöhnten Gesichtszüge des Mannes hellten sich plötzlich auf.

„Ja, ich kannte einmal eine Libuše, aber es muss wohl schon zwei Jahrzehnte her sein“, begann er zu erzählen. „Sie war, glaube ich, die schönste Frau, die jemals in Bled gelebt hat. Alles an ihr war perfekt, selbstverständlich ihr Aussehen und ihr Geschmack, aber vor allem auch ihr Lächeln, ja, ihr ganzes Wesen – und dann dieses immerwährende Geheimnis, das sich hinter ihren smaragdschillernden Augen verbarg. Wir nannten sie scherzhaft Živa, nach der alten Liebesgöttin von Blejski Otok. Alle, die sie kannten, Männer wie Frauen, haben sie damals bewundert. Um ehrlich zu sein: Die Frauen haben sie mehr bewundert, und die Männer haben sie mehr geliebt. Aber sie ist schon sehr bald, in der Blüte ihrer Jahre, an einem unheilbaren Tumor gestorben.“

„Sie liegt hier in Bled begraben?“, fragte ich, ob der Erzählung des alten Hausdieners bis in mein Innerstes erschüttert.

„Ja, sie liegt hier begraben. Oder auch nicht, ganz wie Sie es sehen möchten“, erwiderte der alte Mann. „Sie hat nämlich ein ganz merkwürdiges Testament hinterlassen. Obwohl sie muslimischen Bekenntnisses war, hinterließ sie alles, was sie besaß – was freilich nicht allzu viel war – der katholischen Kirchengemeinde von Bled. Dafür bat sie sich aus, dass ihre Asche von einer Pletne aus über den ganzen See verstreut würde. Die Behörden wollten das allerdings aus hygienischen Gründen nicht zulassen, und auch unser damaliger Pfarrer, der kein Freund der Feuerbestattung war, legte sich quer. Also habe ich mich eingeschaltet, denn irgendjemand musste ihren letzten Willen ja erfüllen. Ich habe mich also widerrechtlich in den Besitz von Libušes Urne gesetzt, bin mit einer Pletne auf den See hinausgerudert und habe Libušes Asche, Prise für Prise, rund um die Tempelinsel der Göttin Živa verstreut, auf der sich heute die Marienkirche befindet."

Die Züge des Hausdieners hatten während seines Berichts längst wieder jenen Glanz verloren, der seine Augen bei der Erwähnung des Namens Libuše für einen Moment zum Leuchten gebracht hatte.

„Ich muss mich wieder an meine Arbeit machen", sagte der Hausdiener und holte einen Schraubschlüssel aus seinem Werkzeugkasten. „Aber interessant, dass Sie heute noch nach ihr fragen. Haben Sie Libuše denn besser gekannt?"

Das Gottspiel

In Bled findet man zuweilen noch Mitglieder jener alten jüdischen Familien, die sich, allem was inzwischen geschehen war zum Trotz, noch immer der Kultur der versunkenen Donaumonarchie verbunden fühlen. Die meisten von ihnen leben heute in den USA oder in Israel, es zieht sie jedoch aus Gründen, die sie oft selbst nicht genau benennen können, immer wieder nach Europa, insbesondere nach Mitteleuropa zurück. Noch in der Nachkriegszeit fand man sie als Gäste der altösterreichischen Kurorte Badgastein oder Bad Ischl, vor allem aber auch am Semmering. Doch nach der Affäre Waldheim und den politischen Erfolgen Jörg Haiders in den 80er und 90er Jahren des vorigen Jahrhunderts beschlossen immer mehr jüdische Reisende, so schwer es ihnen aufgrund ihrer sentimentalen Zuneigung zu den vergilbten Landstrichen ihrer Vergangenheit auch fallen mochte, nie wieder nach Österreich zurückzukehren, wo die überwunden geglaubten braunen Schatten zunehmend länger wurden.

Manche wichen damals in das nur wenige Kilometer südlich der österreichischen Grenze gelegene Bled aus, ein altehrwürdiges Seebad in den slowenischen Bergen, das trotz hässlicher Einschnitte der Tito-Architektur in das Ortsbild rund um den alten Bleder See viel vom Charme des Fin-de-Siècle erhalten hatte – dem Charme einer Welt, in der die jüdische Bevölkerung zwar keineswegs wohlgelitten, aber dennoch als Teil dieser Welt akzeptiert war.

All das erklärt, warum der Bleder See heute noch erstaunlich viele Gäste jüdischer Herkunft hat. Die meisten von ihnen erkennt man erst dann als solche, wenn man mit ihnen ins Gespräch kommt. Manche sprechen freilich Hebräisch, und ganz selten, nur da oder dort, findet man auch jemanden, der heute noch am sangbaren Idiom des Jiddischen sowie der Lebensart und Kleidung seiner chassidischen Vorfahren festhält.

Der etwa an die sechzig oder fünfundsechzig Jahre alte Mann, der mir gegenüber in einem der Strandcafés zwischen Bled und Mlino an einem kleinen Marmortischchen saß, war zweifellos einer von ihnen. Durch seinen langen, etwas ausgefransten und von weißen Strähnen durchwirkten Bart sah er auf den ersten Blick vielleicht sogar älter aus, als er tatsächlich war, mag sein, dass er noch nicht einmal den Sechziger erreicht hatte. Seine wachen, glasklaren Augen, die wie zwei polierte Achate unter der breiten, von herabfallenden Stoppellocken gesäumten Hutkrempe hervorblitzten, ließen eine solche Vermutung jedenfalls zu.

Der Mann trank eine Schale schwarzen Čaj und schob währenddessen auf der Marmortischplatte glitzernde kleine Plättchen umher, in denen sich die von der Seepromenade her einfallenden Sonnenstrahlen wie in kleinen Brenngläsern tausendfach spiegelten. Ich sah ihm eine Weile dabei zu, vermochte aber keinen rechten Sinn in seinem Tun zu erkennen.

„Was machen Sie da?“, fragte ich mit einer Neugierde, die mir etwas unangemessenen schien, aber dennoch gestillt sein wollte.

„Ich spiele“, sagte der alte Jude.

„Ein seltsames Spiel“, erwiderte ich. „Wie heißt es?“

„Gott“, erwiderte mein Gegenüber. „Ich spiele Gott.“

„Ich habe noch nie etwas von diesem Spiel gehört.“

„Ja, es ist ziemlich selten, um nicht zu sagen, so gut wie ausgestorben. Denn nicht jeder kann es spielen. Heutzutage schon gar nicht mehr.“

„Nach welchen Regeln funktioniert das Spiel?“

Der Mann im Kaftan und dem schwarzen Hut schien meine Frage nicht gehört zu haben oder auch nicht hören zu wollen. Er vertiefte sich weiter in seine funkelnden Plättchen und schob sie versonnen hin und her, quer über die Tischplatte.

„Ist das eine Art Brettspiel?“, fragte ich, einfach um irgendetwas zu fragen.

Wieder bekam ich lange keine Antwort. Ich griff nach einem Exemplar der *Slovenske Novice*, das auf einem der Nachbartische lag, und versuchte mit meinem bruchstückhaften Slowenisch wenigstens die Schlagzeilen zu verstehen.

„Nein, es ist kein Brettspiel“, sagte mein Gegenüber Minuten später, als ich schon längst nicht mehr mit einer Antwort gerechnet hatte. „Man benötigt dazu nur eine Tischplatte – und einen Spiegel. Einen zerbrochenen Spiegel. In je mehr Teile er zerborsten ist, desto besser.“

Das war also die Erklärung für die vielen glitzernden Plättchen; es mussten ihrer weit über hundert, ja vielleicht sogar Hunderte sein. Von meinem Platz aus war es ganz und gar unmöglich, sie zu zählen.

„Das Spiel hat seinen Namen bekommen, weil Gott es am achten Schöpfungstag spielte, müssen Sie wissen“, sagte der Jude, der ein Rabbiner sein mochte. Für einen Goi wie mich sah er jedenfalls so aus.

„Wer nicht weiß, was sich am achten Schöpfungstag abspielte, der kann auch mein Spiel nicht spielen“, fuhr er fort, ohne dabei aufzuhören, seine Plättchen auf der Marmorplatte herumzuschieben.

„Am achten Tag, also am Tag nach dem Sabbath, betrachtete Gott erneut seine Schöpfung, und mit Wohlgefallen stellte er fest, dass sie wirklich gut gelungen war. Er erfreute sich an den Wassern, die er zum Rauschen gebracht, an den Gebirgen, die er aufgeworfen, an dem

Getier, das er in Bewegung versetzt hatte, und vor allem an dem Menschen, der zwischen all diesen Schönheiten hochgewachsen, kraftstrotzend und nackt, allerdings noch ein wenig unsicher herumstolzierte. Gott sah alles, was in seiner Schöpfung vorging, bis in die tiefste Schlucht, in die kleinste Ritze, ja sogar in die Seele des von ihm erschaffenen Menschen konnte er sehen. Gott sah einfach alles, nur eines nicht. Wissen Sie vielleicht, mein lieber Herr, was er nicht sah?"

„Keine Ahnung, ich dachte immer, Gott sieht alles", erwiderte ich etwas verdutzt.

„Damit hat es schon seine Richtigkeit", erwiderte der Jude, dessen schwarze Äuglein dabei fast ein wenig belustigt aufblitzten. „Gott sah tatsächlich alles, nur einen sah er nicht – nämlich sich selbst. Das ärgerte ihn. Und darum beschloss er am achten Schöpfungstag, sich einen Spiegel zu erschaffen. Die Erschaffung dieses Hilfsmittels ging ihm ziemlich leicht von der Hand, denn da hatte er in der vergangenen Woche weiß Gott Schwierigeres erledigt, und er brauchte ja nur die Oberfläche des Meeres als Folie zu verwenden. Als Gott sich dann endlich im Spiegel sah, erfüllte ihn ob des Anblicks zunächst große Freude. Denn er erkannte all die Schönheit, in welcher er erstrahlte, und all die Liebe, derer er fähig war. Je länger er jedoch in den Spiegel blickte, desto mehr schwand seine anfänglich gute Laune. Denn er sah auch die zerstörerische Kraft, die ihm innewohnte und die das von ihm geschaffene Schöne, ja sogar die Liebe, von der er erfüllt war, mit Verderbnis bedrohte. Je stärker diese seine zerstörerischen Kräfte im Spiegel Kontur annahmen, desto größer wurde Gottes Zorn, und er beschloss, sich dieses Anblicks zu entledigen, indem er den Spiegel zerbrach. Der Spiegel zerbarst in Myriaden von kleinen Splittern, und Gottes gute Laune war erst wieder hergestellt, als er voll Freude und Stolz auf seine Schöpfung blicken konnte, ohne gleichzeitig mit den zerstörerischen Kräften konfrontiert zu werden, die Gott seiner eigenen Natur gemäß miterschaffen hatte."

Der Rabbiner – mittlerweile war ich überzeugt davon, dass es sich um einen solchen handeln musste – nahm einen Schluck von seinem Čaj und schob danach seine glitzernden Plättchen mit einer Hast und inneren Erregung in- und übereinander, was gar nicht zu seinem anfangs so ruhigen und überlegten Charakter passte.

„Als Gott den Spiegel zertrümmerte", fuhr mein Tischnachbar fort, „bedachte er, obwohl er ja allwissend ist, eine Kleinigkeit nicht. Sie war ihm entgangen, da er den Spiegel ja gerade erst erschaffen und im Umgang mit Spiegeln daher noch keine Erfahrung hatte. Also dachte er nicht daran, dass die Myriaden von Scherben, in die er den Spiegel geschlagen hatte, auch seine gerade erst vollendete Schöpfung mitsamt ihren Geschöpfen widerspiegeln würden. Alles spiegelte sich jetzt in allem. Doch auch wenn sich in jedem Splitter nur ein winziger Teil des Ganzen spiegelte, so fiel doch auf jeden einzelnen Splitter auch Gottes gesamter Glanz, seine ganze Liebe und leider auch die ganze zerstörerische Kraft, derentwegen er den Spiegel zertrümmert hatte."

„Und was ist aus all den Splittern geworden?", fragte ich.

Der bärtige Jude im schwarzen Kaftan raffte mit beiden Händen alle Splitter seines Spiegelspiels, das vor ihm auf der Marmorplatte ausgebreitet lag, zusammen, als wollte er sie gleich in einer aus beiden Händen geformten Kuhle hoch und wie einen Opferkelch den Sonnenstrahlen entgegenheben.

„Dieses Spiel ist nicht ungefährlich. Man kann sich dabei leicht schneiden und stark zu bluten beginnen", sagte er. „Im Übrigen war Ihre Frage, was aus den Splittern wurde, nicht richtig gestellt. Die wahre Frage ist, was aus dem Spiegelbild der Schöpfung wurde, das bei der Zerstörung des Spiegels ebenso zerbarst wie der Spiegel selbst. Da jeder Splitter wiederum ein eigener Spiegel ist und die Splitter überall im Raum herumfliegen, spiegelt sich die zerborstene Schöpfung nämlich in sich selbst immer weiter, bis heute, und die Spiegelbilder pflanzen sich in alle Unendlichkeit fort. Bevor diese sich ewig spiegelnden Splitter jedoch nicht wieder zusammengefügt sind, wird sich die darin gespiegelte Schöpfung zu immer neuen Verzerrungen und Trugbildern weiterentwickeln, auch wenn in ihnen nichts Neues sein kann, nichts, was in Gottes Schöpfung nicht von Anbeginn an Schönheit, an Liebe und an Zerstörung vorgebildet war. Verstehen Sie das? Das ist es, was das Spiel so spannend macht, dass man es in alle Ewigkeit weiterspielen kann."

„Kann der Spieler den Spielverlauf denn überhaupt beeinflussen?", fragte ich.

„In gewisser Weise ja. Gott selbst könnte das Spiel selbstverständlich beenden oder auch in jede Richtung lenken, die ihm gerade in den Sinn kommt – aber er hat, denke ich, das Interesse an den zerborstenen Splittern seiner Schöpfung längst verloren. Er wäre ja auch völlig verrückt, würde er nicht viel lieber das immer noch völlig intakte und unmittelbar vor ihm liegende Original beobachten als dessen mittlerweile aus jeder vernünftigen Achse geratene Spiegelbild. Finden Sie nicht?"

Bevor ich meinem Tischnachbarn noch beipflichten konnte, läutete mein Handy. Ich entschuldigte mich, stand auf und ging hinaus auf die Uferstraße. Es war meine Frau, die im Strandbad auf der gegenüberliegenden Seite des Sees einen Badetag eingelegt hatte und jetzt wissen wollte, wo wir uns zum Abendessen treffen würden. Wir vereinbarten, im Hotel alles Weitere zu besprechen.

Ich hatte während des kurzen Telefongesprächs über den See geschaut, ständig das Strandbad im Auge, als würde ich mit meiner Frau in Blickkontakt stehen. Als ich mich wieder dem Inneren des Cafés zuwandte, um mir von meinem Tischnachbarn das Gottspiel weiter erklären zu lassen, war dieser verschwunden. Nur eine leere Tasse Čaj mit einem ausgedrückten Teesäckchen am Untersatz stand auf dem Marmortisch.

Daneben lag ein kleiner, blitzender Taschenspiegel. Der alte Rabbiner – so er denn tatsächlich einer war – schien ihn versehentlich liegen gelassen zu haben. Oder war es möglich, dass er mir den Spiegel schenken wollte, damit ich an seiner statt Gott spielen konnte?

Inhalt